最甜蜜温暖的童话
也是最黑暗无奈的迷宫
· PLEASE DON'T LET GO ·
· OF MY HAND ·

顾禹洋，请别再放开我的手

念晨 / 著

贵州出版集团

贵州人民出版社

图书在版编目（CIP）数据

顾禹洋，请别再放开我的手 / 念晨著. -- 贵阳:贵州人民出版社,2017.4（2020.3重印）

ISBN 978-7-221-14118-7

Ⅰ.①顾… Ⅱ.①念… Ⅲ.①长篇小说－中国－当代

Ⅳ.①I247.5

中国版本图书馆CIP数据核字(2017)第096229号

顾禹洋，请别再放开我的手

念晨 著

出 版 人：苏　桦

出版统筹：陈继光

责任编辑：胡　洋

特约编辑：江小葶

装帧设计：Insect　蔡　璨

封面绘制：EP.cat

出版发行：贵州人民出版社（贵阳市观山湖区会展东路SOHO办公区A座邮编：550081）

印　　刷：三河市华东印刷有限公司

开　　本：787×1092毫米 1/32

字　　数：250千字

印　　张：8.5

版　　次：2017年8月第1版

印　　次：2017年8月第1次印刷
　　　　　2020年3月第2次印刷

书　　号：ISBN 978-7-221-14118-7

定　　价：42.00元

目 录
contents

目 录
contents

· 第一章 ·

我和我的相机都喜欢她

· PLEASE DON'T LET GO OF MY HAND ·

[01]

C城九月的午后，阳光依旧灼热，火车站拥挤的人流闷得人快要窒息。苏熠拖着一个硕大的行李箱，费力地挤出了站，她抬眼看过去对面是密密麻麻的各大高校接生点，还有不少高举着"××大学""××学院"广告牌的学生穿梭其中。

苏熠看了看完全黑屏的手机，无奈地抬手擦了一下额头的汗——好吧，只能听天由命了！不知道肖远能不能在这一大片乌压压的人群中找到她？或者肖大少爷压根就不会来火车站这种地方……

本来苏爸爸和苏妈妈是预备给她机票的，但苏熠坚持以"学生不应该太奢侈"为由坚定地拒绝了，当时肖大少爷就在电话里叫苦连天大声控诉苏熠虐待他。

好不容易挤出人潮，苏熠已经热得喉咙快要冒烟了。

"要不要喝冰水？"

一个戴着宽檐棒球帽的女生站在苏熠面前，伸手举着一瓶冰矿泉水。

这个女生看样子年纪与自己相仿，脸被太阳晒得红红的，圆圆的脸和圆圆的眼睛看上去很有亲和力。

"太感谢了！"久旱逢甘霖，苏熠接过女生手上的冰水，仰头直接喝下了一半，实在是太痛快啦！

"十块钱。"女生笑眯眯地将手伸到苏熠面前。

"什么？"还沉浸在冰爽中的苏熠一脸茫然。

"我说——"女生指了指苏熠手中只剩半瓶的冰水说，"这瓶冰水十块钱。"

"什么？"苏熠的脑袋"嗡"的一声炸开了，脸也因此憋得通红，"你……我……这种一块钱一瓶的水，你要我十块钱？太黑了吧！"

该死啊，她怎么会认为这个女生是接新生的学姐？她怎么会认为这瓶水是好心送给她的呢？

"当然，你可以拒绝不买的。"女生依旧笑眯眯地说，"但是，你已经喝了一半了。"

苏熠又气又囧，心里将肖远骂了个狗血淋头，果然是社会险恶，连看上去这么无害的女生居然也这么阴险！

"我没有零钱。"苏熠窘迫地翻着钱包说，"只有一张五块的。"

"壕啊！"女生伸着脖子看了一眼笑着说，"算了，就当我请你喝吧，你是新生？欢迎来到C城！"

说完她从苏熠手中抽出五元钱，拉着剩下一箱子的冰水转身快步离开。

留下独自翻着白眼的苏熠在原地懊悔地跺脚。

[02]

今天诸事不顺，幸亏苏熠还记得肖远住的公寓的名字，索性就拦下一辆的士直接过去，在那里等总比站在鱼龙混杂的火车站等好。

肖远住的公寓是C城比较有名的高档公寓，因为这套公寓是肖远爸爸公司开发的，所以就自己留了两套。肖远的爸爸和苏爸爸又是多年的战友，听说苏熠要来C城上大学，立刻让人将肖远隔壁的那套公寓收拾出来给她住。

苏妈妈担心学校宿舍的条件太艰苦，所以在住公寓这件事上双方父母立刻达成一致。

而苏熠自己则是因为负气突然决定来C城读书，想着身边能有个从小一起长大的朋友陪着，至少不会觉得那么孤独和难受，虽然肖大少爷是那么地不靠谱……

因为没有门卡，苏熠只好按下保安室的门铃。

"您好，请问您有什么事吗？"走出来的年轻保安礼貌地询问。

"您好。"苏熠有些拘谨，"我找1702室的肖远，我是他的朋友，我叫苏熠。"

"您就是苏小姐啊！"年轻保安像是松了一口气似的，"肖先生从上午回到公寓就叮嘱我们，如果看见一个长得非常可爱，叫苏熠小姐就立刻请她进来。"

年轻保安揉了揉眼睛说："我都盯着门口盯了快四个小时了，终于等到您了。"

"啊？"苏熠不好意思地笑了笑，"谢谢您，那我……"

"哦，您快上去吧！"年轻保安一把拎起苏熠的行李一路将她送进电梯才礼貌地离开。

到了1702室门口，苏熠正要按门铃，门却突然打开了，从里面伸出来一只手，将她连人带行李拖了进去。

"肖远！"看到那张熟悉的脸，一天的疲惫和不顺瞬间消失，苏熠高兴地朝站在她面前的那个人张开手臂，像小时候一样跳到他的身上。

两人热情地拥抱了一阵子，肖远像忽然想起什么一样，长臂勒住苏熠细细的脖子气哼哼地说："喂，苏小姐，大热天我在火车站找你找了一个多小时，都快要去广播站发寻人启事了，你去哪里了啊？手机也不开机。"

"啊……你轻点好不好？"苏熠挣扎着说，"手机没电，火车晚点也不是我的错啊。"

"那你不知道借个手机！"肖远自言自语，"不过你这么蠢，也借不到啦。"

"肖远！"苏熠气得满脸透红，作势要用脚踢他。

"好啦，熠熠刚到，肖远你要控诉也要让熠熠先喝口水吧。"一个甜美的声音传来，苏熠转头看见一个小巧可爱的女孩子。

"我来介绍，这个是我的漂亮女朋友米娜。"说这话的时候，肖远松开了对苏熠的"折磨"，伸手揽过米娜的腰。

"米娜你好！好呀肖远，有女朋友了也没见你跟我说。"苏熠瞪了一眼肖远，坏笑着说。

"我今天跟米娜专程接待你，够隆重吧？"肖远一脸没心没肺的笑容，"你先休息，这里什么都准备好了，你只管拎包入住。对了，冰箱里面有米娜给你买好的食物，你饿了就自己去拿。明天开学，我带你去学校办手续。"

"谢谢你，米娜！"苏熠拉着米娜的手笑着说，"你太贴心了。"

"喂！"肖远不满地说，"好歹也谢谢我啊。"

"米娜，晚上你带我去吃Ｃ城的小吃好不好？"苏熠不理他，继续拉着米娜说话。

"好啊！"米娜兴奋地说，"我早就想吃小吃了，肖远那个大坏蛋一直说不卫生不准我去，今天我们两个自己去！"

"你们……你们……"肖远捂着胸口一副心碎的模样，"简直太重友轻色了！"

[03]

晚上，肖远带着苏熠和米娜去了C城有名的小吃街，两个女生兴奋地边走边吃，一直逛到十点多钟，直到肖远威胁她们说小心明天脸上冒痘痘，两个女生才依依不舍地离开小吃街。

回到公寓，肖远送米娜回家，苏熠赶紧拿出充电器给手机插上，然后开机。信息提示的声音一阵接一阵地响起，她按键进入信息箱。

有三十条回电提醒都是肖远的，有四条回电提醒是苏妈妈的。

微信里还有一条肖远的信息：

"猪头熠，你干吗去了？！我在火车站找你找了一个小时也没看到你的人影。我先回公寓，看到微信你就马上过来，你都要把我给急死了！"

苏熠握着手机笑了，觉得心里暖暖的。再往下看，有妈妈的一条微信："熠熠，你到了没有？爸爸妈妈很担心你，你到了给我们回个电话。"

虽然肖远已经第一时间给苏妈妈报了平安，但看到这里苏熠的眼眶仍然有些湿润，爸爸妈妈一直希望她能留在他们身边，上本地的大学，可是，她却因为想要逃离一个人而离开了家……

一直看到最后也没有看到他的。苏熠握着手机，脑袋有一瞬间的空白。她在期待什么呢？她离开，不就是要逃离那个城市，逃离他吗？可是她的心还是会痛，这种痛一直伴随着她，从高中到大学，从一个城市到另一个城市。

她点开他的微信，写下了一条信息：许弋，我已经到了，C城很热也很漂亮。

然后她站起身来仔细地打量着公寓。白色主调的装修，从家具到沙发都是简约的风格，肖远不愧是她最好的朋友，知道她喜欢的风格。苏熠站在足足占了一面墙的落地窗前，伸手拉开打底的白色纱帘，然后拉开窗走到阳台上。

苏熠的手向空中舒展开去，新的生活也向她展开了怀抱。

[04]

第二天，肖远带着苏熠吃过早饭以后，便去学校办理入学手续。

　　站在大学的校门口，苏熠笑了，心却在隐隐作痛。她想起了许弋看到她手里的录取通知书时说的话。

　　"熠熠，你怎么走得这么突然？"

　　一点也不突然，只是他一直都没有在意过她而已。她要离开许弋是早有预谋的，只是他不知道，他从来都只知道躲避她。苏熠摇着头。

　　"熠熠，想什么呢？我们到了。"肖远伸手在苏熠的眼前晃了晃，"你要是再这么魂不守舍的，走失了我可不管。"

　　"不会啦，你当我是小孩啊！"苏熠朝肖远握了握拳头，装作恶狠狠的样子。

　　"我看你好像有心事似的，你没事吧？"肖远一副不放心的样子看着苏熠。

　　"你想当心理医生呀，那你可以放弃建筑，转读心理系呀！心理医生很酷呢。"

　　苏熠朝肖远扬起下巴，然后朝前面走去。

　　"建筑师也很酷好不好！"肖远一边解释着，一边快步赶上苏熠。

　　有肖远这个老生帮忙，苏熠的新生报到进行得很顺利，她拿了军训的服装以后就没有肖远什么事情了，所以肖远就找米娜去了。

　　这个学校分为南北两边，中间有一条宽宽的马路隔着。

天气有点热，苏熠看到马路的对面有一个冷饮店，她想喝冰可乐。

苏熠站在路边的一个路牌下面，她随意扎了一个花苞头，穿着红色的帆布鞋、蓝色的牛仔裤、白色的T恤，为了平衡色彩，肩上背着一个红色为主色调的碎花帆布包。她静好的笑颜里不时透出一丝倔强，如同一张纯净的宣纸上由笔墨铺陈的小写意，优美而不失分寸。

"咔嚓！"

一个像是按动相机快门的声音响起，苏熠转过身去，身后一个高个子的男生正举着相机。

"这里是过不去的，你可以往前面走五十米，那里有一个地下通道。"男生的声音很好听，相机从他面前挪开了，取而代之的是一张好看的脸，犹如混血儿一样五官深刻而分明的脸。

苏熠怔了一下，似乎被吓到了，但是随即她便问道："你为什么偷拍我？"

"远远地看着你站在这里的样子，觉得很美。"那个男生脸上始终带着笑。不，应该是他天生长着一张笑脸，像阳光一样闪着光，"我叫顾禹洋。你是这里的学生？"

苏熠因为他的话有些脸红，不自然地说了声"谢谢"。

随后便朝男生所指的方向走去，留下那个男生看着她的背影独自摇着头笑着。

前面五十米的地方果然有一个地下通道，苏熠安全地走了过去。

她走到冷饮店，要了一杯冰可乐，站在柜台前就猛灌了一半。喝完后，她长长地舒了一口气，大大地放松了一下自己。可就在抬起头的时候，她突然惊讶地睁大了眼，迎面走过来的是那个棒球帽女生。

那个女生显然也认出她来了，在她面前站定。她们彼此看着对方，最后两个人都笑了。

"我叫阮恩恩，大一新生。"先是那个女生开口说话，她朝苏熠伸出手自我介绍，跟第一次见面的时候一样自然大方。

"苏熠，也是大一新生。"苏熠笑着握住她的手。

"其实，"阮恩恩揉揉鼻子说，"我那天是逗你玩儿的，水就只卖五块钱。"

"五块钱也够黑得好不好？"

"小姐，天气很热哎，而且火车站那种地方五块一瓶水很正常好不好？"

"那这样好了，我请你吃冰激凌。"阮恩恩豪爽地说。

"那你亏大了哟。"

"好啦，交你这个朋友啦。"

苏熠捂着嘴直笑，这个女生的性格太可爱了。

"对了，我是法语系的，你呢？"苏熠问。

"法语系！"阮恩恩惊讶地喊道，突然拉起苏熠又蹦又跳起来，"我也是，我们真应该成为好朋友。"

苏熠一个劲地点头，她是打心眼儿里喜欢活泼大方的阮恩恩。

苏熠和阮恩恩边喝着饮料边走在校园里熟悉环境，时间差不多的时候，她转身拉着阮恩恩的手说："我要去芭蕾舞剧团报到了，真的很高兴认识你。"

"芭蕾舞剧团？哇好厉害！"阮恩恩的眼睛瞪得大大的，光彩熠熠。

看到阮恩恩的样子，苏熠又是好一阵笑。

"我是被芭蕾舞剧团特招进来的。"

"哇，你一定很厉害！"阮恩恩一脸崇拜的表情，但是随即又有些不解，"那你怎么想要进法语系呢？芭蕾舞剧团的人都是进艺术系的。"

她的话让苏熠怔了一下，脸上的表情有一瞬间的僵硬，眼睛里有淡淡的忧伤。许弋是法语系毕业的，她只是想跟他学一样的东西。但是她没有说，只是浅浅地笑道："我想学。"

[05]

因为芭蕾舞剧团要排练校园公演的节目，所以苏熠躲过了她想着就浑身毛发直竖的军训。看着阮恩恩晒得像茶叶蛋一样的脸，她总是咯咯偷笑。但是阮恩恩毫不在意，一直强调说这才是健康的肤色。

过了军训，她们的大学生活就真的开始了。

周末，肖远出去和朋友聚会，看到一个人窝在家里看书的苏熠，便把她也拉去了。

聚会是在一个KTV里，苏熠和肖远走进去的时候，里面已经有五六个人正坐在那里唱歌。看到肖远，其中一个人就起哄道："肖远，你什么时候换女朋友啦？"

被一个陌生人这样取笑，苏熠的脸瞬间就红了，刚要解释，肖远却一脸嬉笑的样子说："别起哄，这是我的妹妹，苏熠。"

"原来你叫苏熠。"一个声音从后面传来，肖远和苏熠同时转过身去。当看到说话的那个人时，苏熠瞪大了眼睛——那个灿烂的笑，还有那张五官深刻而分明的脸！

苏熠看得呆呆的，一时间忘了说话。

"咔嚓"，又是一声，顾禹洋朝她举起了相机，苏熠那张惊愕的脸被他捕捉到相机里。

"你们认识啊？"肖远惊讶。

"有过一面之缘，我和我的相机都喜欢她。"顾禹洋看着苏熠，直白地说道。

苏熠却被他的话惊讶得每一个细胞都在身体里颤动，他居然说他喜欢她？！在包厢昏暗的灯光下，顾禹洋的笑容闪耀着自信满满的光，苏熠的脸从脖子一直红到了耳根。她只是在几天前见过他一面而已。

"喂，顾禹洋，我家熠熠不适合你。"肖远把苏熠拉到他的身后，一脸防备地看着顾禹洋，然后转过身去，一脸严肃认真的样子对苏熠说，"你可千万要意志坚定，顾禹洋在摄影系花名在外，虽然没有女朋友，但是有众多的追求者，你最好离他远点。"

听了肖远的话，苏熠的心里"咯噔"一下，她笑着摇了摇头，原来是个花花公子。不过她想，肖远是白担心了，她还在尝试着忘记许弋，怎么会喜欢上顾禹洋呢？但是一抬头看到顾禹洋一直在看她的眼睛，她的脸又红了。

"苏熠，你只管在前面走你自己的路，我会在后面追着你的。"顾禹洋说话的时候总是带着玩世不恭的笑，让人不知道他说的是玩笑话还是认真的。

苏熠抬起头惊讶地看着他，眼睛里有异样的光彩在流动，心里早已翻江倒海。

许弋，你听到了吗？有人对我说我只管在前面走自己的路，他会在后面追着我。原来这个世界这么神奇，三年前我跟你说过的话，现在有人原原本本地把它说给我听了；原来听到这句话的时候，不管对方喜不喜欢你，你喜不喜欢对方，都会有一种满足感。你当时也有这样的感觉吗？

"苏熠，你怎么了？"肖远伸手在苏熠面前摇了摇，有些迟疑地问。

"你不会是在考虑我了吧？"顾禹洋打趣道。

苏熠回过神来，看着顾禹洋的脸，认真地说了一句："我不会喜欢你的。"

在场所有的人都怔住了，顾禹洋脸上的笑容也僵住了，眼睛里闪过一丝黯然，一时间，气氛变得尴尬起来。不过很快，他又笑了："以后你会喜欢的。"然后笑着招呼大家，"我哥他今天有事不能来了！不过，我们一个星期才聚一次，大家抓紧时间唱歌呀，我来得最晚，给大家献唱一曲。"说着他就像个没事人一样拿起话筒，他唱的是林宥嘉《长大的童话》。

顾禹洋化解了苏熠制造的尴尬。音乐铺天盖地而来，他拿起话筒唱了起来。

艾丽斯离开梦境

灰姑娘稀疏白发

凋谢了小王子的玫瑰

而你的皇冠在哪儿

童年时折的飞机

是否还在你口袋

带你往最遥远星体出发

全部烦恼都放下

你也一样会寂寞吗

执着地还相信童话

才能抵抗长大的无常吧

谁能解开 通往幸福密码

失乐园中 迷航没有灯塔

载着梦的船长 听到请回答

为了什么还没抵达

难过时候 就骑上飞马

驰骋云端 将悲伤遗忘

做回从前 那快乐小孩

以为世界只有爱

胡桃钳士兵娃娃

陪着你打遍天下

当世事荒谬得无力招架

　

苏熠坐在黑暗的角落里面，静静地看着台上的顾禹洋。

在暖黄色的灯光下，他的头发泛着微微的光晕，那细碎的头发下面，他的眼睛里面有水一样流动的东西，那一张一合的嘴唇有着好看的线条。

顾禹洋充满磁性的歌声中每一个音节都敲打在她的心上，她用双手紧紧地抱住自己。刚才她不是有意让他尴尬的，即使刚才只是他惯常说的一句话，但是她突然意识到，她已经离许弋越来越远了。

歌曲是什么时候完的苏熠竟然不知道，直到顾禹洋坐在她身边，叫她的名字。

"有事吗？"苏熠看顾禹洋的眼睛有些躲闪。

"你好像很怕我。"顾禹洋看到苏熠躲闪他的样子，带着笑无奈地摇着头。说这句话的时候，他的眼睛里面闪着碎钻般的光彩。

"没有，"苏熠沉下眼睛，有些窘迫。

"虽然我说的话都是认真的，但你也别放在心上，当我是一个普通朋友好了。"顾禹洋笑了笑，"也许以后你会觉得我很有趣。"

[06]

阳光从走廊尽头的窗口照进来，长长宽宽的走廊从冷灰向明黄延伸。阳光下，木地板上面的灰尘毛茸茸地泛着微光，像是飘落在上面的蒲公英。就在那一片耀眼夺目的明黄处，传出了轻快的旋律，是阿道夫亚当的《吉赛尔》。透过那扇门上面的玻璃，可以看到一个身着白纱的女生随着音乐轻盈优雅地踮脚，旋转，跳跃。腰间那层层叠叠的绉纱上染上了一层浅浅的金黄色，只要女生一旋转，就像有无数只蝴蝶从腰间飞出去一样，那画面美得不像话。

"咚咚咚……"

一阵轻快的脚步声从走廊的灰黑处传来，并且越来越响。

一个女生的身影渐渐地出现在阳光里，里面的音乐渐入尾声。

"啪"的一声，女生推门而入，音乐也在此刻戛然而止。

苏熠站在阳光下，笑盈盈地看着扶住门把大口喘息的阮恩恩说："你真准时。"

"熠熠，我们走吧。"阮恩恩的嘴角上扬，神采奕奕，说着她就上前去拿苏熠的包。

"阮恩恩，你这么着急做什么，我还要换衣服呢。"苏熠好气又好笑地看着阮恩恩。

"快点快点。"阮恩恩把苏熠推进了换衣间。

"熠熠，你好了没？"苏熠刚进去一会儿，阮恩恩就在门外喊了起来。

"好了好了！真啰唆！"苏熠一边系鞋带，一边佯装生气地说道。

阮恩恩没有理会她的话，拉着她就往外跑。木质地板上的阳光被两个快乐的人踩碎了，清脆的笑声回荡在走廊里。

傍晚的校园小径上，人影稀少，阮恩恩拉着苏熠尽情地往前面跑。她们像箭一样冲出校门，眼看地铁门就要关上了，阮恩恩加快了脚步，苏熠被她拉着，也只能快速地跑动着，白色雪纺裙一路飞舞。

"滴滴"两声，阮恩恩拉着苏熠在车门关上的前一刻冲了进来，直到这一刻，俩人的手仍紧紧地握在一起。苏熠和阮恩恩看着气喘吁吁的对方，笑容像盛开的花一样灿烂。

"我们去哪儿？"苏熠看着阮恩恩问道。

"去了你就知道了。"阮恩恩一脸神秘地对苏熠说道，然后从包里拿出 MP4，将一个耳机递给苏熠，给自己也戴上了一个。

"神秘兮兮的，还早早地跟我约好，我倒要看看你这丫头葫芦里卖的是什么药。"苏熠将耳机戴上，田馥甄的歌声立刻灌满了她整个身体。

阮恩恩喜欢听田馥甄的歌，并且常常自嘲说她听不懂苏熠的那些大师的作品，那是阳春白雪。

下车后，阮恩恩把苏熠带到了一条繁华的街后头的巷子里，然后偷偷摸摸地躲在一棵梧桐树的后面。

"熠熠，你别挤我，会被发现的啦。"阮恩恩小声地对苏熠说道。

"可是你一直往这边挪，我就要被你挤出去了。"苏熠还是一头雾水，不知道阮恩恩想要干吗，但是她知道，她们两个躲在树后是不能暴露的，不然躲着干吗？

"可是他站到那边去了，我照不到他。"阮恩恩的声音小小的，手里的手机一直举着，不停地按动照相键。

苏熠顺着阮恩恩的镜头的方向看去，只见在前面十米远的地方，有一个深紫色的店面，透过落地窗，可以看到里面有人正在专心地做陶艺。有一个男生站着，时不时地走到其他人的面前，帮他们调整手指的方向，并且嘴里不停地说着话。他穿着黑色的裤子、深海颜色的衬衫，看上去很干净的样子。

"阮恩恩，你在照什么？"苏熠问道。

"熠熠，你看那个穿深蓝色衬衫的人，他长得真好看。"阮恩恩伸出一根手指，偷偷地指向那个站着的人。

"看得不是很清楚，他是谁呀？"苏熠一边看着落地窗里的人，一边问道。

"不知道。"阮恩恩一脸沮丧地说。

"不知道的人你跑来照什么呀，你想学陶艺呀？"苏熠好气又好笑地看着阮恩恩，她就是一个经常一头热的人。

"学陶艺……"阮恩恩喃喃，似乎在回味苏熠的话。

突然，她眼睛一亮，说道："熠熠，我们去学陶艺吧！"

"为什么拉上我？你忘了我要练舞了呀！"苏熠用手指点了点阮恩恩的头，提醒道。

"当然要你陪着我啊，好朋友的爱好应该是一样的，除了我不能跳芭蕾。"阮恩恩白了苏熠一眼，做出一副鄙视她的样子，随后又笑嘻嘻地道，"你就当课余放松好啦。"

随后，苏熠还来不及说话，就已经被阮恩恩拉着向陶艺室跑去。

他们被前台小姐带到教室里，刚才那个穿深蓝色衬衣的男生朝她们走了过来。

"你们好，我是这里的陶艺老师顾禹泽。"

"你好，我是阮恩恩。"阮恩恩笑得格外矜持。

苏熠却被墙上的一张张照片吸引住了。每一张照片的主角都是陶艺，在光线下，看上去很静很美的陶器却有着震撼心灵的力量，就算是不懂陶艺的人，都会被它感染到。

"这是我弟弟拍的，他叫顾禹洋。"不知道什么时候，顾禹泽走到了身边。

"真好看。"苏熠分不出是陶艺本身的感染力强，还是照片拍得太好，就连赞扬都显得很模糊。

她突然转过身来看着顾禹泽，有些惊讶地问："你刚刚说他叫什么名字？"

"顾禹洋。"顾禹泽很斯文，也很有礼貌，温和地笑。

"原来是他……"

"你认识？"阮恩恩吃惊地问。

"你认识顾禹洋？"顾禹泽也同样吃惊地看着苏熠。

"是呀，他是肖远的朋友，我也是肖远的朋友，所以就认识了。"苏熠又看了一眼那些照片，她这才仔细地打量了一下顾禹泽，他们兄弟俩确实有点像，都有一张白净好看的脸。顾禹泽的笑容也显得很干净，像古巴产的昂贵雪茄，有种幽幽的烟草香味。相比较而言，他更沉稳，而顾禹洋则有些玩世不恭。苏熠又想起了顾禹洋对她说过的那些话，一时间显得有些窘迫，脸红得像窗外天边的晚霞，顾禹泽看着她的眼睛亮亮的。

"肖远？"顾禹泽突然笑了笑，"这样看来，我们也可以成为朋友了，肖远也是我的朋友。"

苏熠不知道说什么，只是轻轻地"嗯"了一下，随之她转移视线，打量起这间工作室。

明亮的工作室里有几个人正在静静地做着他们手上的陶艺，所有的摆设看上去都井井有条，并且看得出，主人是一个很有品位并且略显拘谨的男生。

顾禹泽告诉她们，每个星期三和星期五的下午上课，她们可以星期五过来。他跟阮恩恩说"星期五见"的时候，阮恩恩的脸上能溢出光彩来。

"啊啊啊……我好高兴！"出了陶艺室以后，阮恩恩松开苏熠的手，一个人冲在前面，现在就连她呼出来的二氧化碳里都有快乐的分子在跳动。

阮恩恩跑出一段距离以后，回头看见苏熠还在后面走着，便又跑回来，握着苏熠的手说："熠熠，我好高兴啊！"

苏熠笑盈盈地看着阮恩恩的高兴样，说道："你啊，说是去学陶艺，原来是看上人家了。"

"我们是好姐妹嘛，我的幸福就是你最大的幸福，是不是？是不是？"阮恩恩嬉笑着，说着伸手就去苏熠身上挠痒痒。

"是，是，是是是！"苏熠被挠得连连求饶，一个劲地说是。

"哥哥这么好看，弟弟一定也不赖吧？哥哥我要了，弟弟留给你。"阮恩恩太得意了，说话的时候都颇有指点江山的气魄。

"弟弟啊……"苏熠想起顾禹洋的笑容，还有他说过的话，脸不由得又有些红了。

很快，她甩了甩头，扬起尖尖的下巴，调笑阮恩恩道："你别得意忘形啊！好好呵护你的爱情小苗苗吧。"然后像只小鹿一样朝前跑去。

"就是爱情的小苗苗怎么啦！"阮恩恩张牙舞爪地追了上去。

阮恩恩和苏熠你追我打地嬉闹着，她们头上是高高的天空，晚霞是暖暖的橙色，一切都那么美好。

最甜蜜温暖的童话
也是最黑暗无奈的迷宫
· PLEASE DON'T LET GO ·
· OF MY HAND ·

最甜蜜温暖的童话
也是最黑暗无奈的迷宫
· PLEASE DON'T LET GO ·
· OF MY HAND ·

· 第二章 ·

允许你慢一拍爱上我

· PLEASE DON'T LET GO OF MY HAND ·

[01]

苏熠走出图书馆的时候，顾禹洋正靠在一辆单车上朝她微笑。

"是不是我不来找你你就不会给我打电话呀？"阳光下，顾禹洋的笑容也是耀眼的。被他这么一说，苏熠不知道该怎么开口了，低着头没有说话。

"走吧！我带你去一个地方。"顾禹洋兴致很高，他说话的语调也是飞扬的，像是有音符在里面跳动。他跟阮恩恩真应该是一对兄妹。

"去哪儿？"苏熠抬起头来问道。

"我的秘密花园，去了就知道了。"

"我……"苏熠有些犹豫。

"你放心，下午六点之前保证送你回家。"顾禹洋似乎知道苏熠在想什么，拍拍胸脯说道，随后又拍了拍单车的后座，示意苏熠坐上去。那个后座像是他自己装上去的，使整个单车看起来样子有些怪异。

苏熠犹豫了一下，还是坐了上去，顾禹洋便骑着车向校门外驶去。

一路上，顾禹洋的心情似乎很好，一路都哼着歌。苏熠坐在后座上，右手扶着顾禹洋的腰。开始的时候她还有一些紧张，虽然她一直都喜欢许弋，但是却从来没有跟一个男生有过这么近的接触。

一路上阳光明媚，还有风微微地从耳边吹过，伴着顾禹洋的口哨声。渐渐地，苏熠觉得有种前所未有的轻松感，她觉得整个人心旷神怡。

他们在一扇废旧的铁门前停了下来。

"到了。"顾禹洋说道。

就在苏熠还一脸茫然地看着周围废旧荒凉的一切的时候，顾禹洋已经爬上了那扇铁门。

"你干什么呀？"苏熠被他吓了一跳，站在下面慌张地喊道。

"把手给我。"顾禹洋说着伸出了手。

他的手臂长长的，手指也很修长，并且指节很好看。

苏熠愣愣地看着顾禹洋的手，迟迟没有伸出手去。

"来呀！"顾禹洋看着苏熠，催促道，并且给了她一个"相信我"的眼神。

苏熠慢慢地伸出手去，顾禹洋一把将那只洁白而柔软的手抓住了。苏熠踩着焊接在铁门上面的管子，小心地往上爬。等她爬到上面的时候，顾禹洋就跳了下去，并在下面伸出双手，示意苏熠也跳下去。

"别怕，我在下面接着你。"顾禹洋说道。

苏熠看了顾禹洋一眼，心"扑通扑通"直跳，她轻轻地拍了拍胸，平息了一下呼吸，然后跳了下去。

顾禹洋把她稳稳地接在怀里。苏熠的脸贴着顾禹洋的胸膛，她闻到一阵淡淡的橙香味，像是那种一盒盒的果味糖散发出来的味道，顾禹洋的呼吸拂动着她的头发，让她觉得痒痒的，而那起伏的心跳也让她的脸像火烧一样。

她推开顾禹洋，向前走去。

顾禹洋不知道什么时候出现在她的前面，并且举起相机，"咔嚓"一声，将这张红红的脸拍了进去。

"你脸红的样子很好看。"顾禹洋看着照片说。

"从那么高的地方跳下来，有些紧张。"苏熠的声音小小的。

"你好像对我有防备啊。"顾禹洋看着苏熠木呆呆的样子，突然觉得她很可爱，便打趣道。

"没有。"苏熠抬起头辩解。

"还没有！从见我第一眼起，你对我就没放松过警惕。"

顾禹洋笑道。

苏熠张了张嘴，竟然不知道要怎么反驳。这时，他们已经穿过一个短短的隧道一样的地方，眼前豁然开朗的景色让她的嘴张得大大的，并且久久也没有合上。

大片的草地，虽然草已经枯萎，呈现出一片橙黄色，却仍然美得让人想要拥抱它。草地的周围是一片小树林，阳光透过稀疏的树叶和枝桠，呈现出一条一条的光束，偶尔一阵风吹过，不时飘下的几片落叶像飞舞的蝴蝶。草地的尽头是一面巨大的湖，虽然现在水已经浅了，但是很干净，像明镜一样映着高高的蓝天，即使不是春天，但偶尔传来的几声鸟叫也让这里看上去生机勃勃。

"好美的地方！"苏熠朝草地的中心跑去，伸手接住飘散下来的树叶，她开心地大笑着忍住踮起脚做了几个旋转的动作。

这样的苏熠他从未见过，顾禹洋愣了一下，迅速举起相机，飞快地按下快门，"咔嚓咔嚓"就是一阵连拍。

"顾禹洋，这个地方真美，这就是你的秘密花园吗？"苏熠站在阳光中朝顾禹洋喊道。

这时，一直在顾禹洋面前的那个沉默害羞的少女不见了，她看起来活泼而美好，这才是她本来的样子。

"没让你失望吧？冬天的时候，这里会有积雪，是一个冰雪的国度；而春天的时候更美，当你闭着眼睛感受着鸟语花香的时候，你会觉得你就要飞起来了；夏天的傍晚，这里的夕阳和晚霞是最美的。"顾禹洋的语气里有陶醉有自豪。

苏熠闭上眼睛，想象着顾禹洋描述的场景，喃喃地道："太美了，我好喜欢！"

[02]

"走吧，我带你四处看看。"

顾禹洋细心地捕捉每一个镜头，苏熠小心翼翼地跟在他的身后，深怕他捕捉的一只虫、一只飞鸟被她惊动飞走了。

她开始注意顾禹洋的表情，在照相的时候，他像是完全变了一个人一样，没有了之前的玩世不恭，脸上的表情很认真。

寻找拍摄对象的时候，他的眼睛时而闪着敏锐的光，时而含笑，时而又温柔不已。而且每当他举起相机的时候，苏熠总会注意到他的眼睛，长长的睫毛很浓密。

就这样，她对他的好感又多了几分。正如他说的那样，了解他以后，她就会觉得他其实也是有优点的。

而顾禹洋看似很专注，似乎沉迷在他的摄影世界里，事实上却不时地朝身后看。每每看到苏熠安然无恙地跟在自己后面，就会对她露出一个好看的微笑。

"你为什么会喜欢摄影？"苏熠问顾禹洋。

"因为觉得世界很美啊！"顾禹洋看着视屏窗口里刚刚照的一张照片说道。

"因为觉得世界很美……"苏熠喃喃地重复着顾禹洋的话，突然，她也很想学摄影。

"你要学吗？我可以教你。"顾禹洋不经意地说道，却让苏熠的心跳漏了一拍。

她看着顾禹洋的侧脸，这个人好像在她的脑子里装了一块芯片，从那个视屏窗口可以看到她脑子里想的东西。

"不想学吗？"顾禹洋见苏熠没有回应，便转过头来问道。

"想学。"苏熠看着顾禹洋直点头。

顾禹洋看着她认真的样子也笑了，他把相机递给苏熠，是一个黑色 Canon 单反数码相机。而他则站在苏熠的后面，伸出手教苏熠调试焦距和选取角度，正好一个拥抱的姿势。如果有一个长镜头拍下此刻的情景，那他们一定是胶片上最美的风景。

"你看，这个角度应该这样拍。"顾禹洋要苏熠拍一片树叶，并告诉她选取拍摄的角度。他的气息吹在苏熠的头发上，让苏熠觉得痒痒的，慢慢地，她的脸又红了。

"咔嚓"一声，苏熠拍下了她第一张从专业摄影角度拍摄的照片。她看着视屏窗口里的照片，在隐隐交错的枯枝中，一片绿色的树叶似乎在倔强地展示着生命的真谛。

"好漂亮！"苏熠不禁赞叹。一瞬间，她似乎被那种生命的美好震撼住了，原来这就是生活中的美，它无处不在。

苏熠突然觉得，她的世界里洒满了阳光，而帮助她发现这一点的竟是顾禹洋，一个她开始认为只会玩的男生。

[03]

从树林回来后，因为还早，顾禹洋邀请苏熠一起吃的饭，现在她已经可以自由自在地和顾禹洋说笑了。

一顿饭吃下来回到家里已经是八点钟了，她正要洗澡的时候，手机响了，是许弋。

她并没有告诉许弋她的新号码，但许弋总是有办法知道他想要知道的事情。

她有些犹豫地看着手机，最后还是按下了接听键。

"熠熠，我升职为董事长助理了。"电话里，许弋的声音成熟而沉稳。

"真的吗？恭喜你。"苏熠由衷地说道。

许弋一直那么努力地工作，总算升职了。但是接下来却是一阵长时间的沉默，苏熠忍不住了，问道："你怎么不问我为什么来这里？"

"你只是去读书而已，好好学习。"许弋说道。说话的语气跟以前一样，好像他们之间也和从前一样，苏熠也没有从他身边离开。

听了这些话，苏熠有些生气。他竟然说得这么轻松，只是过来读书！

他总是会很巧妙地绕过她提出的问题，给出一个天衣无缝的答案，让她的心一次次失落。

"许弋，我要做作业了，我们下次聊。"苏熠挂断了电话后没有去洗澡，她趴在桌上，什么也不想干，心隐隐作痛。

苏熠将头发束在脑后，专注地看着在她的指尖滑动的陶盆，夕阳扫过她的睫毛，在她的眼睛下面留下了一层淡淡的影子。

一道工序完成以后，她抬头看阮恩恩。

阮恩恩的视线一直追随着顾禹泽，她手里的陶土变成了一个说不出的，但却极具艺术性的形状。

"阮恩恩！"苏熠笑了，轻轻地喊道。

阮恩恩毫无察觉有人在叫她。

苏熠不得不加重了语气："阮恩恩！"

"啊，熠熠，什么事？"阮恩恩回过神来，一脸茫然地看着苏熠。

"别看啦，口水流了一地啦！"苏熠指了指阮恩恩手下的陶土，小声地揶揄。

"顾禹泽长得可真好看，可我就是不知道该怎么接近他。"

阮恩恩一边挽救她的作品一边说道。

就在距离她们三米远的地方，顾禹泽正专注地用手给一个形状奇特的陶制品造型。

湿湿的、灰褐色的陶土在他的手里滑动，他不时地转换自己的手势，脸上的表情极其认真，好像无论发生什么事情都打扰不到他。

而他手下的那件东西，从苏熠她们来这里学陶艺开始就已经在制作了，但现在还是在造型阶段。

苏熠看着这个沉稳的男生，眼睛不禁眯了起来。

她记得他说过，一件能让人怦然心动的陶器需要漫长的时间，花费心血来制作完成，他应该是在制作一件会让人怦然心动的陶器吧。

[04]

"我要怎么办才好呢？"苏熠发呆的时候，阮恩恩喃喃地说道。

"别告诉我你不敢主动约他啊。"苏熠笑了。

在她的眼里，阮恩恩一直是一个大方活泼的女生，原来这样的女生遇到自己喜欢的男生的时候，也会矜持起来。

如果当初她也会矜持，那么她的心里就不会有挥散不去的痛了吧。

"不敢……"说话的时候，阮恩恩偷偷地瞟了顾禹泽一眼，顾禹泽正好看向她们，吓得阮恩恩立刻低下了头，脸从脖子红到了耳根子。

"我看待会儿我替你约他好了，他是肖远的朋友，我也算是他间接的朋友。"苏熠看着阮恩恩犹豫忧愁的样子，也很替她着急。

看得出，阮恩恩是真的很喜欢顾禹泽。

"你？"阮恩恩的嘴张得大大的，脸上的表情显得很吃惊。

她不知道苏熠曾经是怎么像一个疯丫头一样想方设法接近许弋的，在她眼里，苏熠是一个柔柔弱弱、性格温和的女生，不像是会主动去约男生的人。

"嗯。"苏熠看着阮恩恩的样子，一本正经地点点头，她可不是跟她闹着玩的。

"真的吗？熠熠，你真是我最最最好的朋友！"阮恩恩说着就要伸出她那双沾满泥的手去拥抱苏熠，却被苏熠机灵地闪开了。

"但是……"阮恩恩又有些犹豫了，"你也要一起去，我单独去跟他吃饭会紧张的。"

看着阮恩恩的样子，苏熠咯咯直笑，煞有介事地说："我的光热要散发到有用的地方去，当电灯泡照着你们浪费了。"

"熠熠，一起去嘛，求你了，你好人做到底，帮忙帮到底呀。"阮恩恩讨好地哀求苏熠。

"不过今天的话，我是真的去不了，我跟肖远约好了呢，要是放他鸽子，我会很惨的。"苏熠不忍心再调笑阮恩恩了，肖远跟她说要一起吃饭，还有米娜。

"那下次吧，我们下次约他。"阮恩恩慌忙说道。

"下次？下次又要等几天，我怕你想顾禹泽想得茶饭不思。"苏熠笑着说道。

"我才不会呢。"阮恩恩见苏熠又在取笑她，便低下头去补救因为只顾着去看顾禹泽而失神做得变形的陶盆，但是她的脸颊却飞上了两抹红晕。

"那就下次约吧。"苏熠故意把脸探到阮恩恩的脸下面，声音飞扬地说道。

"好！"听到苏熠的话，阮恩恩一脸满足地做起了手中的陶盆，嘴里还哼起了小曲儿。

下课了以后，苏熠和阮恩恩正在洗手间一边嬉笑一边洗手，顾禹泽走了进来，正在打闹的两个人看到突然出现的顾禹泽，吓了一跳，"唰"地都站直了。

"有事吗？"苏熠看顾禹泽一直在看着她，便有些慌乱，心里却想，刚刚她们进来的时候顾禹泽明明还在那里很认真地制作手里的陶器的，怎么现在就进来了？

"一起吃晚饭吧。"顾禹泽很自然地说道。

　　苏熠笑着看了阮恩恩一眼，不知道该跟她击掌还是要替她难为情想着要怎么办。有些事情就是这样，你计划了很多，其实它在下一秒钟很自然地就发生了。

　　阮恩恩果然张着嘴巴不知道要怎么办，一脸求助地看向苏熠。

　　"刚才阮恩恩也要约我一起吃饭呢，但是我跟肖远约好了，这样看来，正好你们可以一起去。"苏熠一脸歉意地对顾禹泽说，说了一半真话一半假话。

　　随后她看了阮恩恩一眼，用表情告诉她别怕，不就是吃顿饭嘛，这么好的机会可别错过。

　　"哦，这样啊！"顾禹泽笑着说，然后看向阮恩恩，"不知道……"

　　"我……我愿意。"阮恩恩有些机械地回答，两只手一直不停地互相搓着，脸红红的。

　　苏熠拉住阮恩恩的手握了握，然后跟顾禹泽说："那我先走了。"

　　就这样，阮恩恩误打误撞地跟顾禹泽去吃二人晚餐，而苏熠则去跟肖远和米娜会合吃晚餐。

周一下课以后，苏熠和阮恩恩一起走在通往校门的路上。

血色的夕阳透过高高的梧桐树照在她们身上，在地上拉出了两道长长的身影。一阵凉风吹过，梧桐树的树叶纷纷飘落，像是在下一场树叶雨，又如浓妆跳舞的少女，而这样的景色也只出现在秋季。

"阮恩恩，星期五你和顾禹泽吃饭的情况怎么样？"苏熠问身边的阮恩恩。

"还好，后来他还送我回家，但我就是觉得他有些冷冷的，不怎么说话。"阮恩恩边走边看着水泥路面。

"不对呀，他经常笑，很温和的呀。"苏熠一点也不觉得顾禹泽冷冷的。

"不知道，反正是我的感觉。对了，你知道吗？他是我们学校建筑系土木工程大四的学生呢！"阮恩恩抬起头，眼睛亮晶晶的。

"原来是我们的学长啊！"

原来顾禹泽和肖远是一个系的。

"对了，我告诉你哦，你千万不要让他知道我喜欢他，至少现在不要，我怕他知道以后，就再也不会理我了。"阮恩恩脸红地解释。

"好的，我知道了，我觉得顾禹泽可能是单独跟你相处有些矜持吧。"苏熠安慰阮恩恩。

"是真的吗？不过我就喜欢他这样矜持，哈哈！"听了苏熠的话，阮恩恩又变得神采奕奕起来，然后两人嬉笑着去坐地铁，她们相约一起去街上逛逛。

"熠熠，你渴不渴？我们去那边买饮料喝吧。"逛了一会儿，阮恩恩对苏熠说道。

"好啊，我请你。"苏熠点点头。于是阮恩恩拉着她走到了一个饮料小站前。

"我要两杯热可可。"苏熠把钱递给卖饮料的服务生后，就跟阮恩恩说起了上课的事情。

"今天那个回答问题的男生真逗，老师一定是故意叫他起来的，你看他站起来的时候就只会挠着头，用生硬的法语对老师说'您刚才问的是什么问题'，哈哈！"阮恩恩学着那个男生的样子挠着头，笑着说道。

"是呀，我看到之前他一直在用手机发微信呢。"苏熠补充道，两个人都笑得很开心。

这时，一个声音传进了她们的耳朵。

"今天去我家吃晚饭吧，牛肉火锅好不好？"是一个中年女人的声音。

苏熠和阮恩恩同时转过头去，看到那个女人的一刹那，阮恩恩脸上的笑容消失了，表情有一瞬间的僵硬。

那是一个漂亮的女人，看到阮恩恩，她先是一愣，然后又很自然地转过头去一脸期待地看着身边的中年男人。

"好。可是我要先回公司一趟。"中年男人的声音淡淡的。

"嗯。"那个女人回答道，看上去很高兴。

苏熠看到阮恩恩脸上不自在的神情，又看看她旁边的一男一女，隐约感觉有些不对劲，但是在陌生人面前，她又不好直接问阮恩恩怎么了。

那个中年男人看到有人看着他们，便不由得看向苏熠和阮恩恩。

"两位小姐，你们的热可可好了。"服务生将热可可放到台子上说道。但是阮恩恩似乎没有听到，她的眼睛一直看着那个女人。

"这位小姐，你的饮料好了。"那个女人像是很热心的阿姨，微笑着提醒阮恩恩，她的声音和表情都让人认为她是一个很和善的人。

"啊，哦。"阮恩恩有些惊慌，拿过服务台上的两杯热可可，然后又看了那个女人一眼，有些木讷地开口，"谢谢……阿姨。"

那个女人礼貌地笑了笑，没再说话。

苏熠站在一旁，静静地看着这一切。

阮恩恩端着两杯热可可，也没有递给苏熠，而是独自挪动步子一步一步往前走着。

苏熠越发觉得不对劲，追上去走在阮恩恩的身边，看着表情呆呆的阮恩恩问道："刚才那个人你认识？"

"她是我妈妈。"阮恩恩小声地说道。

"你妈妈？"苏熠被惊得眼睛睁得大大的，但是刚才阮恩恩没有叫妈妈，而那个女人对阮恩恩说的是"这位小姐"，阮恩恩也很客气地说"谢谢阿姨"。

这到底是怎么回事？苏熠一头雾水。

"刚才那个男的是我妈妈的男朋友。"

"男朋友？"苏熠再次惊讶了。

"爸爸妈妈在我很小的时候就离婚了。妈妈每次有了新男朋友以后，在我面前都会装作不认识我，如果她的男朋友要去家里，我就会去学校宿舍睡，所以你就看到了刚才的那个场面。"阮恩恩把热可可递给苏熠，一边走一边吸着自己手上的一杯，说话的声音沉沉的。

苏熠端着热可可，呆呆地看着阮恩恩，没想到那么活泼、那么快乐的阮恩恩有一个这样的家庭。

她的眼里不禁蒙上了一层水汽，在内心深处的某一个地方，针刺一样疼，阮恩恩真令人心疼。

"那你恨你妈妈吗？"苏熠问道，语调是小心翼翼的温柔。

"不恨。"阮恩恩摇头，"她一个人每天很辛苦地工作把我养大，只是每次她的男朋友都会因为我而跟她分手，她也是不得已。"

听了阮恩恩的话，苏熠越发觉得心疼。

"熠熠，我们不能一起逛街了，我得去买菜，妈妈要做牛肉火锅呢，我得先替她准备好再去学校。"阮恩恩看苏熠一脸心疼的样子，就笑着抓住她的肩膀说，示意她自己没事。

"我们一起去吧，今天晚上你去我家，我一个人住，正好我们可以做伴。"苏熠的声音有些哽咽，但还是强忍住眼泪笑着说道。

"嗯。"阮恩恩微笑着点点头。

晚上，苏熠和阮恩恩坐在客厅的沙发上，她们吃了很多水果沙拉，聊了很多她们以前有趣的事情，两个人又变得很开心了。

临睡前，阮恩恩坐在床上看书，苏熠隐身登录了QQ，看到许弋的头像亮着。

她呆呆地对着那个头像看了一会儿，然后关掉了电脑，上床在阮恩恩身边躺下。

阮恩恩收起书，关上台灯也躺下了。

"你说我会不会被爸爸接到美国去？"阮恩恩背对着苏熠躺着，喃喃地问。

"为什么？"苏熠问。

"妈妈说过，如果她再婚，我可能就要跟爸爸一起过了，我爸爸在美国。"阮恩恩轻声说道。

苏熠转过身去，从后面抱住阮恩恩说："不会的，你已经过了十八岁了，可以自己一个人过的，我也会陪着你的。"

"恩恩，你会唱那首歌吗？ Twins的《你最勇敢》。"苏熠说道。

"会。"阮恩恩点点头。

苏熠把阮恩恩抱得更紧了一些，然后轻轻地唱：

背靠着背 屋檐下的昨天

你扬起的笑脸 无瑕的双眼

望着天 我听你大声许下未来心愿

你想去的地点 我陪你冒险

肩并着肩 夕阳下多刺眼

我假装没发现 你眼角的泪

还记得 你梦想一个人闯荡一片天

不怕真心的旅程 发光的过程

生命中越完整

海洋的对岸是梦想的港湾

或许难免失败偶尔孤单总能追赶

如果受了小小的风寒

我的心一直为你取暖

你知道 我永远不离开

在从窗口透进光的房间，雪白的被子里，苏熠的头紧紧地贴着阮恩恩的头，被苏熠抱着的阮恩恩喃喃地跟着苏熠轻声歌唱，唱着唱着，两行泪水从她的眼角滑落下来……

[07]

校园里通往校门的那条道路上，两旁的梧桐树叶已经掉落得差不多了，天气也一天天凉了起来，学生们都换下了夏装，穿上了有点厚度的外套。

日子并没有因为苏熠对许弋说不清楚的思念而停滞不前，也没有因为阮恩恩令人心疼的母女关系给她们的快乐带来一丝一毫的阴影。

苏熠依旧和阮恩恩一起上课，一星期去两次陶艺室，课后去舞蹈室排练，偶尔一起去逛街，偶尔因为阮恩恩妈妈的男朋友要去家里的原因而睡在一起聊天说心事。

阮恩恩知道了苏熠喜欢的许弋，知道了苏熠来这个城市读大学的原因。

顾禹洋隔三差五会来找苏熠，要么一起吃饭，要么一起去他们的秘密花园拍照片。

不知道从什么时候开始，顾禹洋叫苏熠名字的时候会叫成熠熠。

苏熠在学校几乎没有见到过顾禹泽，在陶艺室遇到的时候，他依旧在制作他那个形状怪异的陶器。

他们三个也会偶尔说说话，说话的时候，阮恩恩还是常常会脸红。

这一天，当苏熠和阮恩恩走下台阶的时候，顾禹洋拿了几张游乐场的票兴冲冲地朝她们挥手。等她们走近的时候，顾禹泽从顾禹洋的身后站出来，在阳光下朝她们微笑了一下。

阮恩恩几乎当场尖叫了起来，不过最后掐住苏熠的手忍住了，苏熠被她掐得生疼。

"熠熠，你上次不是跟我说你很想去游乐场吗？我特地弄了四张票过来，肖远那小子跟米娜已经有约了，所以我把我哥拖了出来，正好跟阮恩恩搭档。"顾禹洋扬了扬手里的票，得意地说。

苏熠的嘴张得大大的，那天跟顾禹洋在一起吃饭的时候，顾禹洋突然说："熠熠，下个星期四要你做一件事的话，你最想做什么？"

苏熠想也没想就说她想去游乐场，如果可以坐坐旋转木马就更好了。以前她一直想和许弋一起去，买了三四次票都因为许弋的"忙"而不了了之。

"禹泽学长，你也去吗？"苏熠偏着头问顾禹泽。阮恩恩的心也跟着悬着，生怕顾禹泽说不。

可是顾禹泽笑了笑，说："我去。"

"好耶！好耶！"阮恩恩听了顾禹泽的话后，高兴得又蹦又跳。

"那我们走吧！"顾禹洋俨然一副领导者的架势。

于是他们四个人一起坐上地铁，快乐地朝游乐场进发了。

进入游乐场以后，苏熠以为顾禹洋会带她去坐旋转木马，可是顾禹洋却带着他们绕过旋转木马，走到了过山车下面。

他转过身对苏熠说："熠熠，你不是跟我说你想坐过山车吗？"

苏熠目瞪口呆地看着顾禹洋，这个笨蛋，竟然把旋转木马错记成了过山车，这差别有多大啊！但是当着大家的面她又不好说她其实是想坐旋转木马，她只好点点头。

过山车缓缓地滑开，然后速度越来越快，天旋地转中尖叫声一片。

顾禹洋和阮恩恩都高高地把手举起来，跟着大家一起尖叫。

过山车在轨道上呼啸而过，每到一个最高点的时候，苏熠都感觉她就要这样平行着飞出去了。这时候，她又想起了许弋，于是她在心中大喊着："许弋，我要忘记你了，你知道吗？"

之后他们还去湖上划船，可就是没有坐旋转木马。

从游乐场出来以后，已经是傍晚了，四个人一起去吃饭。

顾禹洋和苏熠走在前面，阮恩恩则和顾禹泽走在后面，一路上都可以听到阮恩恩高兴地和顾禹泽说话的声音，而顾禹泽也会不时地发出笑声。

[08]

　　餐厅里，顾禹洋坐在苏熠的旁边，顾禹泽坐在她的对面，阮恩恩坐在顾禹泽和苏熠的中间。

　　"这样的座位安排看上去我们就是两对情侣。"顾禹洋笑嘻嘻地说。

　　苏熠正要夹住的虾肉滑到了盘子外面，顾禹泽看了她一眼，没有出声，阮恩恩的脸红红的。

　　"顾禹洋，你又开始胡说了。"苏熠有些尴尬，白了顾禹洋一眼，有些不自在。

　　"熠熠，我早就跟你表白过了，你怎么还没有适应呀？"顾禹洋有些不依不饶。

　　他开玩笑的时候，说话也都是玩闹的味道。

　　"熠熠，他真的向你表白了呀？这个你可没告诉我哦，你对我有隐瞒。"阮恩恩捕捉到了八卦的气息。

　　顾禹泽也直直地看着苏熠，等待着她的回答。

　　苏熠使劲地在脸上堆笑容："顾禹洋说的话你们也信啊。"

"我可是很认真的哦。"顾禹洋一脸无辜。

"我们是不是应该先点餐？"顾禹泽适时地解了围。

苏熠总算松了一口气，拉着阮恩恩赶紧低头点餐。

　

四个人从餐厅走出来，顾禹洋对顾禹泽说："我跟苏熠还有些事情，你能不能先送阮恩恩回去？"

"可是，我想跟阮恩恩一起走。"没等顾禹泽回答，苏熠便抢着说道。

"我有很重要的事情要跟你说。"顾禹洋看着苏熠。

"下次吧。"苏熠坚持着说道，然后看着阮恩恩。

"顾禹泽送我回去就可以了。熠熠，顾禹洋说不定真有什么急事要跟你说呢，我没事的，你放心好了。"阮恩恩拉着苏熠的手，笑着对她说道。

"可以吗？"苏熠不放心地看着阮恩恩。

"当然可以了，你就放心好了。"阮恩恩伸出手捏着苏熠的鼻子说道。

　

"那我先送恩恩回去了。"顾禹泽看了苏熠一眼，然后带着阮恩恩上了一辆的士离开了。

"你把他们支走，把我留下来干什么？"苏熠转身问顾禹洋。

"还不是为了这个。"顾禹洋像变魔术一样手中多出了两张票，并带着狡黠的笑容，"有人说想要坐旋转木马，因为旋转木马在夜晚的灯光下更美，因为我想和你一起庆祝生日，所以把他们支开啦。”

阴晴的转变只是一瞬间的事情，苏熠无比开心又一脸惊讶地说：“今天是你的生日？怎么没听你说呀！刚才来的时候你也没说，吃饭的时候，我跟阮恩恩可以给你买一个蛋糕一起唱生日歌呀。你有什么生日愿望，看看我能不能帮到你？”

“生日愿望我已经告诉你了呀。”顾禹洋说道。

“什么？”苏熠被顾禹洋弄得一头雾水。

“上个星期吃饭的时候，我问你你最想做什么，你说想坐旋转木马，完成你的愿望就是我的生日愿望呀。”

“完成我的愿望就是你的生日愿望……”苏熠呆呆地重复。看着顾禹洋快乐高兴的样子，她感动不已。

她低下头去，用低低的声音说：“你可以再想想其他的生日愿望的。”

“你一个人嘀嘀咕咕地说什么呢，快点走吧。”顾禹洋很开心地笑着，没等苏熠反应过来，便牵着她的手朝游乐场跑去。

苏熠被顾禹洋拉着手跑着，她的眼睛一直看着顾禹洋拉着她的手。

这是她第一次被顾禹洋拉着，在凉风习习的晚上，好温暖好温暖，而她的心，竟然怦怦直跳。

在旋转木马上，顾禹洋在音乐声中对苏熠喊："熠熠，你做我女朋友吧！"

"啊？"虽然早有预料，但苏熠还是显得有些惊慌。

看着顾禹洋那张玩世不恭的笑脸，随即她高高地将下巴扬起，对着他说："不要。"

"啊，被拒绝了，看来我还要努力啊。"顾禹洋作势要从木马上摔下去，苏熠吓得喊了一声他的名字，但是顾禹洋却直起腰来坏坏地朝她笑起来。

苏熠不打算理会顾禹洋了，她只知道这一刻，她是真的很开心。

最甜蜜温暖的童话
也是最黑暗无奈的迷宫
· PLEASE DON'T LET GO ·
· OF MY HAND ·

最甜蜜温暖的童话
也是最黑暗无奈的迷宫
· PLEASE DON'T LET GO ·
· OF MY HAND ·

·第三章·

破碎的三色堇

· PLEASE DON'T LET GO OF MY HAND ·

[01]

从游乐场回来后，苏熠睡得很香很香，她梦见许弋就站在自己面前，她伸出手想要握住他的手，却怎么也握不住。

这时，有另外一只温暖的手覆在她的手上，她转头，看见顾禹洋温暖的笑脸。

忽然，阳光变得非常刺眼，晃得她睁不开眼睛，看不清眼前的人……

人头攒动的大街上，城市的灯火已经点亮，苏熠捧着一盆三色堇往回家的路上走着。

她整个下午都在舞蹈室练习，因为想要买一盆三色堇，所以去了趟市中心，顺便吃了晚饭。

她一边走着，一边看着三色堇由粉白向深紫渐变的花朵，心里喜爱不已。

突然，她迎面撞在一个人身上，"啪"的一声，手里捧着的花盆掉到地上，花盆碎了，泥土撒得一地都是，那一簇娇艳的小花在风中微微颤抖。

"哎呀！"苏熠失声喊道。

"对不起，对不起，我走得急，没看到你。"一个男声一直不停地道歉，但是当两个人对视的时候，脸上都出现了惊讶的表情。

"苏熠……"

"禹泽学长，怎么是你？"

顾禹泽穿着一件白色的衬衫，外面套了一件黑色的休闲西装，因为有风的关系，头发被吹了起来，露出了整张脸的轮廓，他的脸跟顾禹洋一样英俊好看。

顾禹泽看着地上打碎的花盆，说："你别担心，我去找个东西把土装起来，把花栽好，应该不会有事的。"

"哎……"苏熠正要说什么，顾禹泽已经转身跑进了人群里。

大约五分钟后，顾禹泽手上拿着一个装饼干的纸盒子，满头大汗地跑了过来。他蹲下身，用手将泥土捧进盒子里铺了一层，然后小心翼翼地把花放在泥土的中间，再把地上剩下的土埋在三色堇的花茎上，最后，他还十分细心地把叶子上的土用手抹掉。

弄完以后，他拍了拍手上的土，捧起纸盒站起身来，将它递给苏熠。

"这样可以吗？"顾禹泽一脸歉意。

"可以，可以。"苏熠接过花，微笑着说道。

顾禹泽看着苏熠手里的花，说："我正好要去陶艺室，你这样捧着一个纸盒也不是很方便，不如去那里找个陶器重新弄一下吧。"

"好。"这样捧着纸盒子确实不方便，苏熠点点头答应了。

"你们怎么在这里呀？"

阮恩恩有些不确定地走上前来，发现真的是苏熠和顾禹泽，看着他们两个人笑得那么开心，她好奇地问道，声音有些犹疑，语调没有了以往飞扬的感觉。

"恩恩！"苏熠没想到会在这里看到阮恩恩，高兴地走到她身边，"我和顾禹泽正要去陶艺室给这盆花找一件陶器重新弄一下，一起去吧。"

顾禹泽也温和地看着阮恩恩。

"不去了，妈妈要去旅行，我得去给她买一些旅行用的物品。"阮恩恩拉着苏熠的手臂说道。

"这样呀，可是我不能陪你去了。"苏熠看了一眼手里的花，有些抱歉地对阮恩恩说。

"不用啦，我一个人去就可以了，你们去吧。"阮恩恩脸上是灿烂的笑容。

"那你小心点哦。"苏熠嘱咐道。

"嗯。我走啦，拜拜！"阮恩恩跟苏熠和顾禹泽挥手说再见。

"拜拜。"苏熠和顾禹泽同时说道，然后他们朝相反的方向走去。

[02]

阮恩恩走出去几步，回头看了一眼苏熠和顾禹泽有说有笑的身影，然后使劲甩了甩头。

"你这里的陶器真多。"苏熠将被顾禹泽重新用一个陶盆栽好的花放在桌子上。

"有很多是来这里学陶艺的人做的，大家的放在一起，新来的人就可以看到了，就当是展览吧。"

这时，顾禹泽已经脱掉了外套，将白色衬衫的衣袖挽得高高的，给苏熠冲了一杯咖啡，然后就坐在拉坯机前细细地弄着手里的泥土。

"你之前一直在做的那件陶器做好了吗？"苏熠问道。

"做好了，已经拿去参加陶艺比赛了。"顾禹泽一边专注着手里的活儿，一边说道。

"参加比赛？最后那个东西做出来是什么样子的？"苏

熠有些好奇。她和阮恩恩每次上陶艺课的时候都会猜想顾禹泽手里那个形状怪异的东西到底是什么。

"比赛结束后，陶器会被组委会退回来的，到时候你就可以看到了。"顾禹泽笑了笑，他的笑容总是那么温和，而现在又多了一些腼腆。

顾禹洋的笑容总是那么明显耀眼，他们两兄弟的性格还真是有很大的差异。

"禹泽学长，你为什么会喜欢陶艺？"苏熠趴在桌上，闻着意大利咖啡和陶土散发出来的独特味道，看着顾禹泽手里不断旋转着的圆柱形的陶土问道。

她这才发现，陶艺室是一个安静却不显得孤独的地方，她能想象得到顾禹泽一个人在这样的咖啡香和灯光下摆弄手中的黑褐色陶土的情景。

是陶艺塑造了顾禹泽这样温存优雅的性格吗？

"静默是一种生活方式，陶艺里有禅意，它可以与心灵对话。"

顾禹泽说这些话的时候没有抬头，但苏熠却觉得自己看到了他说这句话的时候眼里闪过的光。

"静默……禅意……"苏熠仔细地思索着顾禹泽说的话，不过想了很久，她还是没有明白，于是摇了摇头，"我不是很懂。"

这下，顾禹泽抬起了头，看着苏熠思索的样子笑了，很坦然地说道："你就像这些制作成功的陶器，只要涂上色彩，就可以在烈火中光芒四射。"

她呆呆地看着顾禹泽，虽然她不懂他口中的陶艺，但是他却懂她。她算怎么回事，遇上的这两兄弟都能把她看穿，从不同的方面。

突然，她感到有些心痛，为什么偏偏许弋不懂她，一点也不懂，他从来都不愿意给她着色。

顾禹泽看着苏熠，眼里闪过一丝怜爱的神色。

时间在不知不觉中流淌过去，在温和的灯光下，陶艺室里弥漫着吱吱作响的陶土拉坯的声音和两个人低低的说话声，不时还传出来几声欢笑声。

"走吧，我送你回家。"顾禹泽将外套穿上，对苏熠说道。

苏熠站起身来，笑着朝顾禹泽点头。

苏熠和顾禹泽并排坐在地铁靠后面的双人座位上，窗外一闪而过的夜景，花花绿绿的灯光和摇摇晃晃的车让苏熠昏昏欲睡，她已经很累了，整个下午她都在练舞。最后，她竟然把头靠在窗户上睡着了。

顾禹泽看了她一眼，笑了笑，笑容里有说不出的怜爱。他将她的头偏过来，靠在自己的肩膀上，在车子快要到达苏熠家附近的时候，又将她的头轻轻地放到椅子上靠着。

就连苏熠最后醒来，也不知道她曾熟睡在顾禹泽的肩膀上一路从喧闹的市区回到家里。

[03]

"熠熠！"顾禹洋等在艺术楼的楼下，苏熠走出艺术楼后，他突然跳出来，把她狠狠地吓了一下。

"你别老是突然就冒出来好不好，你吓到我了。"苏熠拍着胸口抚平呼吸，看着顾禹洋那张笑得"天真无邪"的脸，她觉得就算她发脾气，也是徒劳的。

"我买了牛排，晚上去你家烛光晚餐？"顾禹洋嬉笑着晃了晃手中的食材。

"可以是可以，但你不可以到处乱说。"苏熠想起之前顾禹洋总是在别人面前口无遮拦地说话，不得不对他有所防备。

"遵命！"顾禹洋立正站好，并且行了一个军礼。

苏熠看着他，觉得好气又好笑。

"你要喝水、茶，还是可乐？"

顾禹洋一进门就一头扎进厨房开始忙活起来。

"可乐。"顾禹洋头也不抬地说道。

苏熠走到厨房，从冰箱里拿出了一听可乐，然后给自己冲了一壶玫瑰花茶，放到客厅的茶几上，就去卫生间了。

顾禹洋刚刚腌好牛排，苏熠的手机突然响了。

"熠熠，你的电话。"顾禹洋朝卫生间的方向喊道，但是从里面传来了哗哗的水声，苏熠没有听到。

手机的铃声响了一阵，停了一秒以后又接着响了。

顾禹洋拿起苏熠的手机，看到来电显示的人名是"阮恩恩"，于是将电话接通了。

刚"喂"了一声，突然想起苏熠对他说过不要对别人嚷嚷他来过她家，于是便一改以前说话时的玩世不恭，很正经地说道："苏熠在卫生间，不方便接电话，请你等会儿再打过来。"

"啊……哦……我没事。"那边，阮恩恩匆匆地挂断了电话。

顾禹洋看了一眼电话，心想，他应该没有暴露出来。

这时，苏熠端了一盆衣服从卫生间出来了，看着顾禹洋拿着她的手机，便问："你干吗拿我手机？"

"哦，刚才阮恩恩打电话找你，我叫了你半天你也没听到，所以就帮你接了。"顾禹洋将手机放下说道。

"恩恩找我什么事？"苏熠问。

"没说什么，我让她过会儿再打，她就挂了。"顾禹洋如实说道。

"哦，可能她在艺术楼没看到我，所以就打电话来问了，听到是你，估计就挂了。"苏熠说着就去阳台晾衣服去了。

等她晾完衣服，厨房里已经飘出牛排诱人的香味。

苏熠坐在餐桌上看着顾禹洋的背影，这一瞬间她忽然觉得好幸福。

忽然，顾禹洋转过头，把沉浸在幸福中的苏熠吓了一下，她又闹了一个大红脸。

顾禹洋神秘地笑了一下，迅速地苏熠眨了眨眼，转头开始煮意大利面。

[04]

"哒、哒、哒、哒！一、二、三、四！注意换手位！"舞蹈室里，苏熠和一群女生一起排练舞蹈，俄罗斯籍的舞蹈老师卡捷琳娜在一旁用不标准的普通话指点着。舞蹈室里亮如白昼，而窗外只有路灯泛着微弱的亮光。

就在苏熠和男舞伴一起旋转的时候，一个电话铃声混进了轻快的音乐声里。

"是谁的手机在响？"老师高声喊道。

"对不起，是我的。"苏熠赶紧跑到休息区，从椅子上的包包里掏出电话，一边向老师和同伴们道歉，一边走到角落里接通了电话。

"喂。"

"熠熠，你在哪里？"一个声音从听筒里传出来，是顾禹洋。

"舞蹈室。有什么事情吗？"苏熠问。

"有，有重大事情，我哥的陶器在陶艺比赛上获得了第一名，大家一起去庆祝。我也是刚刚才知道，你怎么还没有来呀？"

"真的吗？可是我不知道啊。"高兴之余，苏熠一头雾水。

"你不知道？我哥说阮恩恩前天就通知你了呀。"顾禹洋有些疑惑。

苏熠懵了，阮恩恩没有跟她说，不要说前天，今天她们还在食堂见过，但是因为她练舞的时间排得比较紧，所以没有时间跟阮恩恩多说话。

可阮恩恩没有理由忘了呀，顾禹泽的事情她看得比什么都重要。

"哦，可能恩恩说了，是我忘了，你们现在在哪儿？我马上过去。"

"在我们聚会常去的KTV，肖远要去学校接米娜，正好你们一起来。"

"好！"苏熠挂断电话，马上跟老师请了假，然后跟肖远约好在学校门口见。

苏熠和肖远、米娜一起赶到的时候，顾禹洋、顾禹泽，还有他们的朋友在一起正玩得开心，里面笑声一片。

看到苏熠，顾禹洋马上过来拉着她走到里面，而顾禹泽则朝她温和地笑着，眼睛亮亮的，高兴不已。

"禹泽学长，恭喜你。"苏熠高兴地对顾禹泽说道。

"谢谢。"顾禹泽看着苏熠，整张脸都光彩熠熠。

顾禹洋正要拉着苏熠坐下，苏熠向四周看了一圈，没有看到阮恩恩。

"恩恩呢，怎么没看到她？"苏熠问顾禹洋。

"去洗手间了。"顾禹洋说道。

"那我去找她。"苏熠放下手里的包，说着就走出了包厢。

"恩恩。"她走到门口时看到了正在洗手的阮恩恩，可是水一直开着，阮恩恩的手却放在水中没有动，而她也没有听到苏熠叫她的声音。

"恩恩！"苏熠见阮恩恩没有动静，就跳到她面前，用力地拍了一下她的肩膀，将声音提高了八度。

阮恩恩被吓得猛地一惊，却没有抬头，而是有些慌乱地反复冲洗着双手。

"恩恩，你怎么了？"苏熠觉得她有些不对劲，便将她的身体扳过来面对着她，然后就看到了她那张布满泪水的脸。

这一次，苏熠被吓到了。

"阮恩恩，这是怎么回事，你怎么了？"苏熠一脸关切，声音里是满满的焦急。

阮恩恩没有回答她，而是甩开她的手，冷冷地说："我的事情不要你管。"

苏熠呆住了，这是阮恩恩第一次这么跟她说话，而且她也是第一次看到阮恩恩这个样子。

她声音里带着哭腔："恩恩，你到底怎么了？"

"你为什么要骗我？我把你当成我最好的朋友！"阮恩恩压抑地低吼，眼泪一颗一颗地直往下掉。

"骗你？我什么时候骗你了？你告诉我！"苏熠被阮恩恩的样子惊得呆呆的，疑问和心痛一齐向她袭来。

"你喜欢禹泽学长，而禹泽学长也喜欢你，我却还像个傻瓜一样把什么都告诉你，你一定觉得我很可笑吧！"阮恩恩胡乱地抹掉脸上的眼泪，眼里是无尽的忧伤和绝望。

"我没有！我没有喜欢禹泽学长，禹泽学长也不喜欢我！"苏熠抓住阮恩恩的手臂，强迫她看着她的眼睛。

"你还说没有！你还说没有！"阮恩恩甩开苏熠的手，身体后退着靠在台子上，有些歇斯底里，"他只有跟你在一起的时候才有说有笑的，我开始还告诉自己是我多心了，但是他还去了你家，你们俩根本就是在一起！"

"没有，禹泽学长没有去过我家里，去我家里的人是顾禹洋。我跟他没有什么的，你相信我。"苏熠想要伸手去拉阮恩恩的手。

"我不信，我不信，顾禹洋和顾禹泽差那么多，我怎么会弄错，你骗我！"阮恩恩甩开苏熠的手，拿起台子上的包，拉开洗手间的门，飞也似的朝门外跑了过去。

看着阮恩恩跑出去的身影，苏熠的脑袋里一片空白，心隐隐作痛。

她不明白到底是哪里出了错，恩恩怎么会错把顾禹洋当成顾禹泽呢？那天明明是顾禹洋在她家里的呀！

苏熠顾不得多想，立刻冲了出去，却被顾禹洋一把拽住了。

[05]

"熠熠，你怎么了？"顾禹洋看见满脸泪水的苏熠，脸色霎时就变了。

苏熠顾不上解释，挣脱他向电梯冲过去。

顾禹洋追着苏熠跑去，可是当他刚跑到电梯口的时候，电梯就关上了。

他用力地在电梯门上砸了一拳，然后向楼梯口跑去。

苏熠跑到门口，向四周望去，来来往往的人群里，找不到阮恩恩的身影，她去了哪里？

苏熠的身体像是被抽空了一样，她无助地蹲在地上哭了起来。

"熠熠!"顾禹洋随后跑了出来,看着蹲在地上哭的苏熠,吓得急忙冲过去,扶起她就问,"怎么了?"

"阮恩恩不见了。"苏熠看着顾禹洋,带着哭腔说道。

"阮恩恩不见了?发生什么事情了?"顾禹洋一头雾水,满脸焦急。

苏熠哭得有些哽咽,断断续续地把事情告诉了顾禹洋。

听了苏熠说的话,顾禹洋心里"咯噔"了一下,然后把那天他讲电话的细节告诉了苏熠,可能是因为他故意装出来的说话的声音听起来像是顾禹泽的,所以让阮恩恩误会了,而且误会这么大。

"那怎么办?"苏熠抓着顾禹洋的手臂问道,满脸泪水。

"大家都还在包厢等我们,我们先回去,我上去用手机给恩恩打个电话解释下。"顾禹洋心疼地看着苏熠哭红的眼睛,扯长自己的衣袖抹掉了她脸上的泪水。

"都是我不好,这几天我一直只顾着练舞,没有好好跟恩恩待在一起,要是我们在一起的话,她一定会问我的,而我一定会跟她解释清楚的。恩恩是个敏感的女生,我却忽略了她的感受。这些天,她的心里一定很难过,可是看到我的时候还要对着我笑,她一定是很早就误会我跟禹泽学长的关系了。这么多委屈堆积在一起,她才会失控爆发的。"

听着苏熠的话，顾禹洋有一种想要把她搂在怀里的冲动，但是他忍住了，安慰她说："没事的，解释清楚就好了，阮恩恩不是你的闺蜜吗？她会听你的解释的。"

"真的吗？"苏熠睁着蒙眬的泪眼看着顾禹洋问。

"一定会。"看着苏熠的样子，顾禹洋的眉头皱了起来，满眼都是心疼。

"我们还是不要告诉禹泽学长吧，他的作品得了奖，一定很高兴，我们就不要让他担心了，你等会儿一定要打电话给恩恩哦。"苏熠抹掉眼泪，努力挤出一个笑容。

"那我们上去吧。"顾禹洋扶着苏熠走进大厅，并按下了电梯。

当苏熠和顾禹洋走进喧闹的包厢的时候，肖远一把拉过她对大家说："熠熠的歌唱得可好听了，大家要不要听她唱一首？"

"好！"大家拍着手起哄。

"我……"虽然苏熠一直强忍着心里的低落，但是她现在实在没有唱歌的心情，却又不知道怎么拒绝。

"我的歌也唱得好，我来献唱。"顾禹洋站到苏熠前面，笑嘻嘻地对大家说道。

"顾禹洋，听腻了好不好！"肖远一脸嫌弃，顾禹洋却一把抢过话筒准备点歌。

等肖远回到座位上的时候，顾禹洋转过身，轻柔地对苏熠说："你还好吧？"

"我没事。"苏熠摇摇头。

"你去那边坐着，听我给你唱歌。"顾禹洋说着站到台前，笑着高声喊道，"ladies and gentlemen，现在由新晋歌神顾禹洋先生为一首《洋葱》，掌声再热烈一点！"

苏熠在一片快乐的气氛中坐到了灯光比较暗的一处沙发上，顾禹泽换位置坐到了她的身边，像是察觉到什么不对劲似的柔声问道："怎么了熠熠？恩恩呢，你没找到她？"

"恩恩……"苏熠看着顾禹泽那张关切的脸，竟一时语塞，随后用平常说话的口吻说道，"恩恩她有事情先走了，要我跟你说一声。"

"哦。你还好吧？是不是哪里不舒服？"顾禹泽敏锐地捕捉到了苏熠眼睛里的躲闪，试探着问道。

"我很好，就是有些累，下午一直在排练。"苏熠挤出一个笑容。

顾禹泽也没有说话了。

[06]

大家都在听顾禹洋唱歌，肖远和米娜坐着一起，跟着一起陶醉地唱。

有心事的人在这样热闹的气氛中是备受煎熬的，苏熠第一次盼着聚会能够快点结束，时间快点过，最好是她闭上眼睛，下一秒睁开的时候阮恩恩就在自己面前。

包包里突然振动的手机让处在呆滞中的苏熠整个人猛地一颤，顾禹洋握了握她的手，让她从惊吓中平静下来。

苏熠拿出手机，是一个陌生的号码，她按下接听键，"喂"了一声，几秒后，她的表情就僵硬了。她像是一个游魂一样放下电话，呆呆地对顾禹洋说："恩恩出事了。"

音乐还在继续，苏熠身边的顾禹洋、顾禹泽、肖远，还有米娜，像是被施了魔法一样，呆在那里，满脸不敢置信的表情。

苏熠的眼里满是恐惧，身体不停地抖动着。

顾禹洋很镇定地问："她现在在哪里？"

"医院。"

顾禹洋听到以后，拉起苏熠就往包厢外跑去。

顾禹泽随后也跟着跑了出去，肖远和米娜则留下来收拾残局。

KTV外面等候着一排的士，顾禹洋拉着苏熠上了车，顾禹泽坐到了副驾驶座上。

苏熠的脸色煞白，她死死地握着自己的双手，但身体还是不停地在抖动。

顾禹洋双手握住苏熠不停抖动的手，说："没事的，恩恩可能就是出了点意外受了点轻伤，等我们去了医院就知道了，你现在不要着急。"

"那为什么是警察打的电话？是警察打电话过来的……"苏熠看着顾禹洋，满眼都是恐惧，泪水成线地从脸颊滑落下来。

看着苏熠的样子，顾禹洋心疼极了，一个劲地安慰着她。

而坐在副驾驶座位上的顾禹泽，从后视镜里看着苏熠一直发抖的样子，不由得微微蹙起了眉头，那皱起的眉心里有揉不散的伤痛。

车子刚刚停稳，苏熠就迅速地打开车门，飞奔进医院。

顾禹洋伸出手去想要拉住她的手，却落了个空，于是跟着推开车门追了过去。

顾禹泽付了车钱，也快步跑进了医院。

苏熠一边哭一边快速跑着，不断地在心里说，阮恩恩，我来了，你一定不要有事，不然我死也不会原谅自己的。

她跑到前台，几乎是哭喊着问护士："阮恩恩住在哪个病房？"

"阮恩恩……"护士被苏熠的样子吓到了，不知道她说的阮恩恩是谁。

"就是阮恩恩啊！"苏熠几乎要大哭了。

这时顾禹洋赶了上来，他镇定地对护士说："是刚刚被警察送过来的一个女生。"

"哦，在二楼六号病房。"护士一脸受惊的样子说道。

苏熠转身就朝楼梯口跑去，顾禹洋匆匆忙忙地说了一声谢谢以后也跟着追了上去。大厅里的人纷纷侧目。

苏熠一口气跑上了二楼，一间一间地找六号病房，看到走廊上站着的警察，她便快速地冲了过去。但是她没有理会警察，而且径直想要去推开六号病房的门，却被警察拦住了。

"病人的情绪很不稳定，护士刚给她打过镇静剂睡着了，不方便探视。"抓着她的警察说道。

"到底发生了什么事情？"苏熠问道，她的身体依旧在抖。

"请问你跟她是什么关系？"

"朋友，最好的朋友。"

这时候，顾禹洋也过来了，他伸出一只手搂住苏熠瑟瑟发抖的肩膀，对警察说："我们都是阮恩恩的同学和朋友，请告诉我们到底发生什么事情了。"

"有目击者报案说，今天晚上九点十分的时候，这位小姐……就是你们说的阮恩恩，被人尾随并且意图实施强奸……"警察翻开案件记录本，讲述着事件经过。

"强奸"两个字像是一个霹雳一样响在苏熠的头顶，她双腿一软，几乎瘫倒下去，幸好顾禹洋扶住了她。

警察看了苏熠一眼，继续说道："但是她奋力反抗，与歹徒进行了激烈的抗争，而且幸好有市民路过发现，并向派出所报案，所以事态没有变得很严重。不过歹徒跑了，阮恩恩手腕骨折，身上有多处伤口，并且精神方面受到了严重的打击。我们拿她的手机联系不到她的家人，所以就尝试着打了你的电话。你们可以试着联系她的家人，尽快到派出所了解情况。"

　　"她……她父母在国外，有什么事情我们可以负责的。"苏熠的言语有些闪烁。

　　顾禹洋不解地看了苏熠一眼，但是没有说话，只是探寻地看向警察。

　　"程序上是可以的，不过等受害人情绪稳定以后要到派出所录口供。"警察说道。

　　"我们会尽量帮助她恢复正常的。"见苏熠没有说话，顾禹洋便接过话说道。

　　"现在我们需要了解受害人的基本情况进行备案。"警察用公事公办的口吻说道。

　　"你可以吗？"顾禹洋有些不放心地问苏熠。

　　"我没事。"苏熠看了顾禹洋一眼，跟警察走到走廊的一角去录口供。

这时候，顾禹泽也跑过来了。看到在一旁录口供的苏熠，他拉着顾禹洋问："到底出什么事了？"

"阮恩恩差点被流氓害了……"顾禹洋低声说，并且一拳打在了医院的墙上。他无限自责，毕竟这件事情是他惹的祸。

听了顾禹洋的话，顾禹泽脸上的表情僵住了，他没想到事情有这么严重。

但是顾禹泽毕竟是顾禹泽，总是那么沉稳，他拍了拍扶在墙上背对着他站着的顾禹洋，镇定地说："告诉我事情的原委。"

顾禹洋把事情的前前后后告诉顾禹泽以后，顾禹泽沉默了，坐在走廊的椅子上一句话也没有说。这时候，苏熠也录完了口供，送走了警察，挪着身体走了过来。

顾禹洋走到她面前，关切地问："你还好吧？"

苏熠勉强地笑了笑，点了点头。

"护士刚才跟我说阮恩恩醒了，我们可以去看看她，好好跟她说说话，但是千万不要刺激她。"

苏熠听了顾禹洋的话后，轻轻地推开病房的门，小心翼翼地走了进去，轻轻地唤了一声："恩恩……"

不知道是不是苏熠的声音太小了，阮恩恩好像没有听到一样，她直直地躺在病床上，眼睛一眨不眨地看着天花板，眼神空洞。

她的脸色苍白，额头上面包扎着纱布。

看到阮恩恩的样子，苏熠觉得她的心都碎了。她深深地自责着，阮恩恩这样开朗纯洁的女生，怎么会遇到这种事情呢？要不是因为自己，她是不会哭着跑开的；如果自己当时抓住了她，她也不会一个人乱跑，也就不会出事了。

"恩恩，我是熠熠，你看看我呀……"苏熠蹲在病床前，声音哽咽，却努力地挤出笑容来。

阮恩恩还是一动不动，像是一尊没有生命力的雕像。

苏熠努力挤出来的笑容被无声的泪水冲得无影无踪。

"苏熠，让我来吧。"顾禹泽示意顾禹洋将苏熠扶到一张椅子上，然后走到病床前，轻轻地说，"恩恩，我是顾禹泽，你要是听到我说话，就看看我好吗？"

阮恩恩的眼睛眨了一下，转头看向顾禹泽。

"恩恩，没事了，我们会一直陪在你的身边的。"见阮恩恩有反应了，顾禹泽伸手将被子往她的脖子上拉了拉，柔声说道。

两行泪水从阮恩恩的眼角滑落，她张了张嘴，却什么也没有说出来，只是泪水流得更凶了。

"你要快点好起来，有话我们以后再说好吗？"顾禹泽安慰着说道。

阮恩恩转过头去，闭上了眼睛，没有再说话，直到她再次睡着，顾禹泽才从病房走出来。

苏熠和顾禹洋不知道是什么时候出来的，顾禹泽看到她的时候，她靠着墙蹲在门边，而顾禹洋则靠着墙站在她的身边。

"恩恩睡着了，我和禹洋先送你回去，已经一点钟了，你也需要好好休息。"

苏熠抬起头看着顾禹泽，他站在她面前，显得很高很高。

苏熠想，这就是阮恩恩依靠的那棵树。

车上，苏熠一言不发地看着窗外，眼神空洞。

"恩恩会没事的。"顾禹洋拍了拍苏熠的肩膀说道。

"学长……"苏熠似乎没有听到顾禹洋在对她说什么，她喊的是顾禹泽。

顾禹泽从后视镜里看着她。

"恩恩是一个表面看起来很坚强，但内心很敏感脆弱的女生，她很不容易，很需要保护。"

"我知道。"顾禹泽沉沉地说道。

"本来我们的误会是可以解释清楚的，可是恩恩因为这件事而遭遇到这种事情，她不会再原谅我了。"苏熠喃喃着。

"恩恩会想明白的，她会原谅你的。"顾禹泽的声音好像永远都是这么浅浅淡淡，波澜不惊。要是没有他和顾禹洋在，苏熠恐怕早就支撑不住了。

"恩恩的父母真的在国外吗？"顾禹洋问道。

"阮恩恩生活在一个单亲家庭里，她妈妈在男友面前不认她，她却仍然要回家为妈妈做美味的牛肉火锅。每次她妈妈和男友约会，她都被要求住到学校的宿舍。但是她很懂事，她不恨她妈妈，她让自己活泼开朗，就是为了成为一个快乐的女生，不让她妈妈觉得这样的家庭影响到了她，她不想增加她妈妈的负罪感。"苏熠说这些的时候，更觉得自己是个浑蛋了，她不知道阮恩恩还能不能变得跟从前一样。

这一次，就连顾禹洋也沉默了。

"学长……"苏熠坐直身子。

顾禹泽转过头看着她，等着她要说的话。

"请你一定要好好陪着恩恩，刚才你也看到了，只有你跟她说话的时候她才有反应。这个时候，阮恩恩最需要的人是你，就算你不喜欢恩恩，这一次也请你帮助她。"她几乎是恳求。

"就算你不说，我也会尽力帮助她的。"看着苏熠的样子，顾禹泽的眼里闪过一抹心疼的神色。

之后是长久的沉默，顾禹洋始终握着苏熠的手，一直到车开到苏熠所住的公寓楼下。

苏熠像个游魂一样打开车门走了下去，顾禹洋迅速地推开门下车，站在苏熠身后喊："你确定不要我送你上去吗？"

苏熠没有回头，只是朝顾禹洋摆摆手。直到看见她走进公寓，顾禹洋和顾禹泽才离开。就连苏熠自己也不知道她是怎么上的电梯，怎么用钥匙开门的。

就在关上门的一刹那，她终于支撑不住地靠着门瘫坐在地上。周围的黑暗像是一只巨大的怪兽，而落地窗处比黑暗浅一些的黄灰是怪兽朝她撩起的牙，阴森森的牙。

此刻，苏熠忽然很想倾诉，她想许弋，想和许弋倾诉。

她从包里掏出手机，拨通了许弋的号码。

"熠熠，你还没睡吗？"许弋的声音含糊不清，这是人在熟睡中被吵醒时说话的声音。

"许弋，我想回去。"苏熠喃喃地说。

"是谁呀？"这不是许弋的声音，却是从许弋的手机里传进来的。

"熠熠，你说什么？"这一次是许弋的声音。

"没有说什么，我只是想说现在你那里一定很冷吧？"

苏熠慌乱地挂断了电话。

从听到那个女声的那一刻起，她就知道她不能回去了，她还是没有办法做许弋身边那个看着他不断换女朋友的女生。

对许弋说不清的思念，发生在阮恩恩身上的事情，还有现在乱得一塌糊涂的生活，让苏熠感到一种极度的无助，它像一只巨大的手一样紧紧地掐住她的脖子，让她无法呼吸，感觉就要死了。

她大声哭着，无助地宣泄着她心里那些说不清道不明的感觉，房间里装满了她的哭声，也装满了她的痛苦。

　　直到最后，她哭累了，在沙发上沉沉地睡去，睫毛上还沾着晶莹的泪珠。

[08]

　　阮恩恩躺在病床上，呆呆地看着窗外的雨，雨水敲打在玻璃上，发出一阵阵"滴答"的声音。

　　"恩恩，我带了汤来哦，是我自己煲的呢，你尝一尝，看好不好喝。"苏熠抱着一束黄灿灿的黄玫瑰，提着一个保温桶走进病房，把花插好放到床头柜上以后，便将保温桶里的汤盛出来装到碗里，端到病床前坐好。

　　她舀了一勺汤，放到嘴边吹了吹，然后自己尝了尝，温度刚刚好，她将汤勺送到阮恩恩的嘴边，微笑着说道："恩恩，来，我尝了，不烫。"

　　但是，原本呆呆地看着窗外的阮恩恩却闭上了眼睛，汤勺送到她的嘴边，她的嘴并没有动。

　　看着阮恩恩闭着眼睛的脸，苏熠心里微微地抽搐了一下，眼里蒙上了一层水雾。

　　但是随即，她将碗里的汤倒回到保温桶里，将盖子紧紧地拧上，笑着说："我把汤装在保温桶里了，你想喝的时候就还是热的。"

阮恩恩的嘴唇动了动，然后翻动了一下身体，背对着苏熠睡着。

"恩恩，今天我去街上的时候，发现商店里面都已经在卖冬装了，你不是说想要一件红色的羽绒服吗？等天气晴了，我们就一起去买。对了，对了，还有街角那家我们常去的小吃店，推出了一种新的寿司，里面的蟹黄特别多，你最喜欢吃的。不过你现在不能吃，所以我没有给你买，等你把身体养好了我们就去吃，我请客……"

苏熠坐在阮恩恩的病床前独自说着话，说话的时候脸上带着笑，语气就跟她们以前在一起的时候一样，但眼睛里却是隐隐的忧伤。

阮恩恩背对着她躺着，闭着眼睛没有动，就像睡着了一样，泪水从她的眼角滑落。

第二天，第三天，第四天……

苏熠每天都会去病房看阮恩恩，带着她煲的汤。

顾禹泽和顾禹洋不在的时候，她就会坐在病床前跟阮恩恩说话，说的人说的事都是以前她跟阮恩恩一起喋喋不休地讨论过的，说的地方也是她们一起常去的。

阮恩恩的身体渐渐好起来了，但她始终没有跟苏熠说话，只有顾禹泽在的时候，她的眼里才有光彩，才会由顾禹泽喂着喝下苏熠煲的汤。

第七天，当苏熠走进病房的时候，阮恩恩居然坐在病床上对她笑了。

苏熠的手从门把上落了下来，良久之后，她快步走到病床前，紧紧地抱住阮恩恩，眼泪哗哗地往外流。

"恩恩，对不起，对不起……"

阮恩恩伸手拍着苏熠的背，没有说话，但她的表情是柔和的。

苏熠松开阮恩恩，一边胡乱地擦着眼泪，一边傻笑着。

看到苏熠又哭又笑的表情，阮恩恩也终于忍不住笑了。

苏熠看到阮恩恩久违的笑容，眼泪流得更凶了。她的脑海里闪过了千万种阮恩恩原谅她的可能性，也许是顾禹泽的关心把阮恩恩心里的伤口治愈了，阮恩恩像充满爱的圣母玛利亚一样把她赦免了；又或许是顾禹泽把事情的前前后后都解释清楚了，阮恩恩知道事情的真相了；还有可能是顾禹洋的出现让阮恩恩知道是她误会自己了；最后一种可能是顾禹泽什么也没有说，顾禹洋的出现也没有起那么大的作用，阮恩恩也并不是相信她，而是她更相信爱情，爱情的力量是伟大的，即使是单方面的。

刚从门外进来的顾禹洋看到眼前相互傻笑着的两个人，摊摊手说："你们总算是好了，苏熠这几天都没怎么跟我说过话，可把我害苦了。"

"你说什么呢！"听了顾禹洋的话，苏熠又有些恼了。

阮恩恩看着他们俩争吵，笑得更开心了。

顾禹泽站在一旁没有说话，他温和地看着眼前的场景，有一种如释重负的感觉。可是让他觉得解脱的是眼前两个女生中的哪一个，他自己也说不清楚。

"你们俩这种哭哭啼啼的场面我们实在是摸不着头脑，我跟我哥先出去，等你们哭完了我们再进来。"顾禹洋也好像复活了一样，嬉笑玩闹的个性又显现出来了。随后，他就跟着顾禹泽站到了病房外面的走廊上。

"真讨厌。"苏熠看着关上的门说道。

"其实他挺好的，总是在你身边帮助你，我知道你不讨厌他。"

阮恩恩是真的好了，她不仅会笑，还会开玩笑了。

"恩恩，你喝我煲的汤，我就这个拿得出手了，你一定要多喝点，对身体好。"苏熠躲闪着避开阮恩恩的话题，把汤从保温桶里倒出来，笑盈盈地端给她。

她想起妈妈以前也总是端着一碗汤递给她说："熠熠，你要多喝点汤，对身体好。"

想到这里，苏熠的心忽然有些疼，好久没有给妈妈打电话了。

阮恩恩端起汤，仰头将它一口喝光，然后对苏熠说："熠熠，我没有真的恨过你，我只是害怕，害怕你真的会骗我。我一直都喜欢你，很喜欢很喜欢。"

听了阮恩恩的话，苏熠一把把她抱住，呜呜地哭了。

"好了啦，你看你把我的衣服都弄湿了，好冷啊！"阮恩恩拍着苏熠的肩膀，带着飞扬的语调开心地说道。

见苏熠还在哭，她无奈地摇了摇头，只好使出撒手锏，朝门口喊道："顾禹洋，你快进来，我都快被熠熠的眼泪给淹死啦！"

"阮恩恩，你喊谁呢？"听到阮恩恩喊顾禹洋的名字，苏熠窘迫不已，赶紧伸手捂住了她的嘴。

门外，顾禹泽和顾禹洋听到里面嬉闹的声音，不约而同地笑了，起身朝病房走去。

[09]

"哥……"就在顾禹泽的手放到门把上要推开门的时候，顾禹洋喊住了他。

"什么？"顾禹泽回头看向顾禹洋。

"我喜欢苏熠。"顾禹洋看着顾禹泽的眼睛，胸口不断地起伏着，黑色的眸子闪烁着亮晶晶的光彩。

顾禹泽看着顾禹洋的眼睛，脸上的笑容停顿了一秒，随即，他用那种浅浅淡淡的声音说道："我知道了。"然后推门走进了病房。

整整一个上午，四个人都在病房里聊天说笑着，就好像什么也没有发生一样，还跟以前一样说着话。

顾禹洋会时不时地拿苏熠和他的关系开玩笑，每每这个时候，苏熠就会脸红不已。

顾禹泽还是不怎么说话，但是脸上始终挂着温和的笑容。阮恩恩每次看向顾禹泽的时候还是会脸红。

"恩恩，我要走了哦，下午还要练舞。"苏熠看着手机里的时间抱歉地说。

"你要回学校吗？正好我下午有课，我们一起走。"顾禹洋见苏熠要走，站起身来就将包包背上，生怕苏熠走了不带上他似的。

阮恩恩看着苏熠和顾禹洋，又是好一阵偷笑，直到苏熠朝她瞪了一眼，她才忍住笑说："我没事，你们走吧。"

"哥，你走吗？"顾禹洋看着顾禹泽问道。

"我下午没事，就在这里陪陪恩恩吧。"顾禹泽说。看到苏熠也在看着他，他微笑了一下，像往常一样。

"那我们走了哦。"这回轮到苏熠不怀好意地看着阮恩恩，看得阮恩恩的脸红红的。

"快走啊，不然要迟到了。"一个枕头朝苏熠飞了过来，被顾禹洋稳稳地接住放在旁边的椅子上，然后他拖着苏熠，飞也似的跑出了病房。

他们一口气跑到医院外面，阳光刺得苏熠微微地眯着眼，她站在高高的台阶上，将手放在额头上，抬头看着高高的天空，有说不出的轻松。

"熠熠，做我的女朋友吧！"顾禹洋站在台阶下面，阳光下，他的脸上是满满的青春气息。

苏熠看着他，甜甜地笑着，扬起尖尖的下巴问道："为什么？"

她那白皙的脸被阳光照得近乎透明。

"因为我喜欢你，我允许你比我慢一拍喜欢上我。"顾禹洋灿烂地笑着，他有一口白瓷般的牙齿，干净又好看。

阳光下，苏熠还是笑，但是她的思绪却像是这艳阳天里不时吹过的风，飞向了四面八方。

顾禹洋第一次对她说前面五十米有一个地下通道的情形，他第一次说他和他的相机都喜欢她的情景，他说他的生日愿望就是实现她的心愿时的情景，他在灯光璀璨的旋转木马上对她说做他女朋友时的场景，他握着她不断发抖的手时的场景……

太多太多的场景像是快速拉动的胶片一样在她的眼前闪过，每每看到一幕场景，她的心里就暖得想要流眼泪，这样的感觉她从来不曾有过。这是喜欢吗？但是她喜欢着许弋呀……不对不对，她要忘记许弋，这样并不能代表她就不能有爱情了……

苏熠看着顾禹洋那双明亮的眸子，微笑着对他说："那我就尝试着慢一拍喜欢上你吧。"

顾禹洋笑着冲上台阶，一把抱住她，开心得像个孩子一样。

最甜蜜温暖的童话
也是最黑暗无奈的迷宫
· PLEASE DON'T LET GO ·
· OF MY HAND ·

最甜蜜温暖的童话
也是最黑暗无奈的迷宫
· PLEASE DON'T LET GO ·
· OF MY HAND ·

·第四章·

谢谢你让我遇见你

[01]

"OK，搞定。"苏熠满意地看着桌上摆的点心和饮料，开心地拍了拍手。

阮恩恩的"康复庆祝会"在家里举行，一大早苏熠就在准备了。

她转头看向正在玩电脑游戏的阮恩恩问道："恩恩，这样可以了吗？"

"亲爱的，你都忙了好几个小时了，你就休息一下吧。"阮恩恩关掉游戏，从后面抱住苏熠，将头靠在她的肩膀上。

苏熠握住阮恩恩抱着她的腰的手，语言里带着歉意："恩恩，你好不容易原谅了我，我一定要好好地为你办一个庆祝会。"

阮恩恩松开她，并且扳过她的身体，让她面对面地看着自己。她用双手捧着苏熠小小的脸，用极其认真的语气说："我不许你再提这件事了，我们忘掉好不好？”

"嗯。"苏熠使劲地点头，眼眶不禁又有些湿润。

这时，门铃响了。

苏熠打开门的时候，正对上一个大大的箱子，上面印满了卡通熊还有花花绿绿的英文字母，是饼干吗？

"这是什么呀？"苏熠一看来人身上背的那个包包就知道是顾禹洋，她接过箱子，却是出乎意料的重，她整个人都下沉了一下。

"小心，是一缸鱼！别把水洒出来了。"顾禹洋走了进来，跟在后的是顾禹泽。苏熠微笑着跟顾禹泽打了一个招呼，顾禹泽也回了一个微笑过来。

"这么大一个鱼缸！"阮恩恩跑过来看着遮住苏熠的脸的箱子，张大嘴说道。但是看到顾禹泽，她慌忙闭上了嘴，并且用手将嘴巴遮住。

"听说有好玩的，看来我们来得真是时候。"恰巧这时肖远和米娜出现在门口。

"又不是买给你玩的，我是专门买给熠熠和阮恩恩养的。"顾禹洋拿过苏熠怀里的箱子，"太重了，我来拿。"说着他就将大箱子搬到了客厅。

苏熠掐了掐胳膊，确实很重。

大家都到齐了，聚会也就开始了。

阮恩恩举着满满的一杯橙汁站了起来，正在说笑的其他人全都静了下来，目光聚焦到她身上。

阮恩恩拿着杯子看着苏熠说："熠熠，你是我最好最好的朋友，刚才我们本来约好不要再提不开心的事情了，但是我还是想要跟你道歉，不然我心里会不舒服。"

"什么？"苏熠坐在地毯上，仰着脸看着阮恩恩。

"一直是我太害怕了，我害怕失去你，失去你们大家，所以我才会跟你闹。我知道我很可恶，但是你能原谅我吗？"阮恩恩说话的声音有些哽咽，端着橙汁的手也在微微颤抖。

所有的人看着阮恩恩，表情都变得严肃起来。

"恩恩，你干什么？是不我对，我应该早点和你解释清楚。"苏熠慌乱地站起身来，接过阮恩恩手中的杯子，拉着她坐下。

眼看着气氛又要冷掉了，顾禹洋突然站了起来，然后伸手把苏熠也拉了起来。

"今天本来就要高高兴兴的，我来宣布一件事情吧。"

"什么事情？"肖远疑惑地看着顾禹洋和苏熠。

顾禹泽、阮恩恩，还有米娜也是一脸期待的表情，就连苏熠也不解地看着顾禹洋，他要说什么？

"熠熠已经是我的女朋友了！"顾禹洋有些得意。

"什么？！"

坐着的所有人都异口同声。

苏熠更是被他的话吓得心脏都要跳出来了，他怎么在阮恩恩的庆祝会上说这个……

"我已经是熠熠的男朋友了！"顾禹洋以为大家没有弄清楚对象，于是将意思反转过来又说了一遍。这下，他的话简直就是在所有人中间扔下了一个重磅炸弹，炸开了锅。

"熠熠，你怎么没有告诉我啊？"阮恩恩不依不饶地拉着苏熠的手臂。

苏熠有些尴尬，她还没有想好要怎么跟大家说，也没想到顾禹洋这么会挑时间。

顾禹泽显得很安静，端起桌上的橙汁独自喝着，不知不觉喝了大半杯。

"我会好好对她的。"顾禹洋坐下来，看着顾禹泽。

"我相信你。"顾禹泽放下杯子，温和地笑了，举起拳头轻轻地落在顾禹洋的左胸上。

肖远却站起身，绕过桌子，从阮恩恩手中拉过苏熠，走到客厅的另外一边，轻声对苏熠说："熠熠，这是真的吗？"

看着肖远一脸不愿意接受事实的样子，苏熠无奈地笑了。

顾禹洋走过来，将苏熠从肖远的手里拉到身边，瞪了肖远一眼，然后问苏熠："肖远刚才跟你说什么了，是不是在说我的坏话？"

"他说你们是好兄弟。"苏熠回答道。

"这倒是，肖远可是我的好哥们。"顾禹洋说道。

苏熠低下头捂着嘴大笑。

[02]

快乐的日子总是过得很快，苏熠偶尔会和许弋联系，通过 QQ 或者微信。

她已经能够很平静地跟许弋说话了，她觉得她几乎快要把他忘了，而且伤口正在一点一点地愈合，不久就要结痂了，她喜欢这种新生的感觉。

又是一个充满阳光的周末，只是一转眼，就已经进入了冬天。

苏熠和顾禹洋一起去超市采购了一个星期所需的牛奶和水果，回到公寓，她递给顾禹洋一块抹布，说："今天大扫除。"

顾禹洋学着杂技团里的人将抹布扔到空中然后接住，说："熠熠，我昨天替杂志社拍照片跑了一天，你不能这样虐待我。"

苏熠站在落地窗前，将纱帘拉开，笑盈盈地说："阮恩恩最近总是往顾禹泽的陶艺室跑，我见她的次数都少了。以前都是她陪我一起搞卫生的，现在我只好找你了，你知道，我一个人的话，会要一天的。"

"原来你还是需要我的。"顾禹洋干劲十足地拿起地上的喷水壶，将清洁液喷到落地窗上，用抹布卖力地擦起玻璃来。

"等一下，要系上围裙，还要戴上手套，天气很冷，手会冻到的。"苏熠拉着顾禹洋的手，走到他们从超市带回来的一堆购物袋前，翻出一条灰色的挂脖围裙来，并且踮起脚为他系好，接着又将围裙扯了扯，整理好。

然后她拿起另外一条浅紫色的给自己系上。

等她把自己的围裙整理好以后，抬起头，正对上顾禹洋看着她一眨不眨的眼睛。

"你怎么了？"苏熠脸色一变，她从来没有见到过顾禹洋这样看她的眼神，不知道他是怎么了。

"熠熠，我们这样真像一对小夫妻。"良久，顾禹洋一脸陶醉地说。

苏熠抚了抚胸口，长长地舒了一口气，然后一拳打在顾禹洋的胸上，佯装生气地说道："吓死我了，我还以为你怎么了。"

然后她不再理会顾禹洋，转身走到阳台上擦玻璃。但是擦着擦着，她就偷偷地笑了出来，心里甜滋滋的，并且偷看了顾禹洋一眼。

他正在戴手套。其实他的侧脸也很好看，看着看着，苏熠的心不禁扑通扑通地跳了起来，发现顾禹洋将手套戴好了，她马上又认真地擦起玻璃来。

顾禹洋看着苏熠一脸认真地擦玻璃的样子，悄悄地走到她的身后，飞快地将泡沫抹到她的脸上，然后迅速跑回他原来的位置。

苏熠伸手抹掉脸上的泡沫，看着佯装擦玻璃的顾禹洋，娇俏的脸上泛起一抹邪恶的笑容。她抹了一把玻璃上的泡沫，咯咯直笑着朝顾禹洋跑去，就这样，两个人快乐地追打在了一起，飞在空中的泡沫在阳光下泛着五颜六色的光。

到中午的时候，整间公寓终于干干净净的了，苏熠和顾禹洋背靠着背坐在地板上休息。

顾禹洋把头靠在苏熠的肩膀上说："熠熠，你想吃什么？我去给你做。"

苏熠笑了一下说道："你做什么我就吃什么。"

顾禹洋上次做的牛排不错，但她不确定他中餐也能做得好。

顾禹洋说"遵命"的时候已经站起身来了。

当他接二连三地把菜放在餐桌上的时候，苏熠张大的嘴就再也没有合上了。

看着桌上的三菜一汤，苏熠不得不承认，只要有食材，顾禹洋没准真能做出一桌满汉全席来。

"你真的会做饭？"苏熠问道。

"我跟我哥都会做饭。爸爸妈妈一直忙着自己的生意，我们几乎没有吃过妈妈做的饭，从小我就是和哥哥两个人相互照顾的。"顾禹洋将盛好的米饭放到苏熠的面前。

苏熠却没有吃，她呆呆地看着顾禹洋，几乎没有吃过妈妈做的饭……记得她刚刚来到这里的时候，天天都想念妈妈做的饭，如果几乎吃不到妈妈做的饭，那会是什么感受？一定很孤单很难受吧……突然，她伸出手摸了摸顾禹洋的脸，眉头微微蹙起，眼里都是心疼。

顾禹洋看着苏熠笑了，拉住她的手，将饭碗放到她的手里说："哥哥对我一直都很好，所以我并不觉得孤单，真的。"

真的吗？怪不得顾禹洋跟顾禹泽的关系那么好。

顾禹洋夹了一块菜花放到苏熠碗里，催促道："快吃吧，菜都凉了。"

苏熠尝了一口，由衷地赞道："真好吃。"

"熠熠，前世你做的善事一定很多，上天才会让你遇见我。"顾禹洋说道。

苏熠扒饭的筷子停顿了一秒，随即她放慢了速度往口里送饭，是呀，前世她做了多少善事才能遇到顾禹洋还有阮恩恩呢……

"还有十天就是你的生日了，你想怎么过？这是我替你过的第一个生日呢。"顾禹洋笑着问。

"是呀，快要过生日了。"苏熠回过神来，不知不觉就已经十九岁了，"我想跟恩恩一起过。"

她早就跟阮恩恩约好，两个人要相互给对方过生日的。

"熠熠，你对我怎么总是这么过分？我想过二人世界。"顾禹洋不依。

"别闹了，总之我就要跟恩恩一起过。"苏熠看着顾禹洋，认真地说道。

"那太可惜了，周杰伦的演唱会我要找谁一起去呢？"顾禹洋一副无奈被逼的样子，眼睛却一直看着餐桌上的花。

苏熠顺着顾禹洋的视线看过去，周杰伦演唱会的门票正在一枝百合花上摇晃着，她的眼睛里顿时满是惊喜。

"你什么时候去买的票？你怎么知道我做梦都想看一场周杰伦的演唱会？你怎么弄到票的？"苏熠也知道周杰伦要来开演唱会的事情，但票卖得太火了，她都没抱希望。

"周杰伦的演唱会跟你的生日是同一天，我想给你一个特别的惊喜呀。我花了两倍的价钱，在网上找到两个有票的人，从他们手上买到的。"顾禹洋一边扒饭一边说道。

"你哪来的那么多钱？"听了顾禹洋的话，苏熠心里又是一阵感动。但是门票明明就已经很贵了，翻两倍的话，那两张票是多少钱啊？

"这个你就不要担心了，票不是已经买到了吗！"

"我们还是把它卖出去吧，翻两倍的价钱也还是有人买的。"苏熠对顾禹洋说。

"为什么呀？你不想看？"顾禹洋抬起头看着苏熠，沮丧地问。

"不是。我不能丢下恩恩，而且票这么难弄，还这么贵，我们就不要去了，可以搞别的活动呀。还有……"苏熠垂下睫毛，似乎有话要说。她犹豫着不肯去看周杰伦的演唱会，是因为她和许弋有过这个约定，他们曾经约定要一起去看。

"放心吧。我不会让你丢下阮恩恩不管，也会让你如愿以偿看到周杰伦的演唱会的。"顾禹洋坚定地对苏熠说道。

"可是……"

"相信我。"他看着苏熠的眼睛说道。

苏熠看着顾禹洋的眼睛，乖巧地点了点头。

[03]

演唱会附近已经堵得水泄不通。

"恩恩怎么还没有来？"苏熠站在门口在人群中四处张望着。

"再等等吧，她一定会来的。"顾禹洋胸有成竹。

"我们应该一起吃晚饭的，就是你，偏要闹着就我们两个出去吃。"苏熠噘着嘴。

"我不就是有一点点私心嘛，不过我已经准备好演唱会过后大家一起庆祝了。”顾禹洋也学着苏熠的样子噘着嘴。

“你不要学我。”苏熠一脸窘迫，伸出手打了顾禹洋一拳。

顾禹洋厚脸皮地笑着。

苏熠穿了一件白色的菱格棉袄，深蓝色的牛仔裤，红色的羊皮雪地靴，脖子上围了一条长长的红色毛线围巾。她的手因为没有戴手套，不断地互相搓着。

顾禹洋见状，拉起她的手握在自己的手心里。

苏熠顿时觉得一阵温暖传了过来，她低着头不敢看顾禹洋，因为她的脸又红了。

“熠熠，我带了相机，今天一定多给你拍一些演唱会的照片。”顾禹洋看着苏熠红红的脸说道。

“嗯。”苏熠还是没有抬头，点头轻声答应着。

顾禹洋看着这样的苏熠笑了。

“恩恩来了。”突然，顾禹洋喊道。

苏熠抬起头来，一个头戴白色兔毛帽子，穿着鹅黄色羽绒服的女生从人群中走过来，是阮恩恩。

当苏熠看到被阮恩恩牵着走过来的男生的时候，嘴不由得张得大大的，那个人竟然是顾禹泽。

“阮恩恩……你们……”苏熠有些结巴地看着站在自己面前的两个人，顾禹洋也显然有些惊讶。

阮恩恩脸红地松开了顾禹泽的手，顾禹泽倒是一直微笑着，温文尔雅的样子。他的手里也拿着两张演唱会门票。

"我只是要我哥跟你一起来，没想到你们……"顾禹洋指着阮恩恩和顾禹泽，都有点说不出话来了。

倒是阮恩恩沉不住气了，她甩手说道："好啦，现在你们不是都知道了嘛，不准笑人家。"

"原来如此……不笑，不笑，绝对不笑。"苏熠说不笑，却还是拉着顾禹洋的手笑了。

演唱会终于开始了，舞台上的灯光"啪"的一声打亮，将整个舞台变成深海里的蓝色。当一束聚光灯照射过来，周杰伦出现在舞台上时，苏熠跟着所有的歌迷一起尖叫起来。

五颜六色的荧光棒在淡淡的光亮中成群地摇曳，座位席上频频闪起的闪光灯如同一片星海。歌曲一首接着一首，从《彩虹》到《晴天》，到《珊瑚海》，到《开不了口》，每一首苏熠都会跟着唱，唱到动情的地方，她会跟着其他歌迷一样流出眼泪来。

"熠熠，你怎么会喜欢周杰伦？"顾禹洋拉着苏熠的手高声喊道，然后又朝阮恩恩喊，"你知道吗？"

"我不知道！"阮恩恩回喊。

苏熠停了下来，看着因为会场太热而满面红光顾禹洋，一时语塞。

为什么会这么喜欢周杰伦呢？为什么呢？她要告诉他是因为许弋喜欢吗？她喜欢上许弋的时候，许弋非常喜欢唱周杰伦的歌，于是她也喜欢上了周杰伦，而且发展到比许弋更喜欢。

她总是喜欢许弋喜欢的东西，现在，她离开许弋了，但是她的喜好却改不了。

其实那天吃饭的时候她就想告诉顾禹洋，她可以不来看这场演唱会的。她不想她跟顾禹洋在一起的生活里有许弋的影子，但是看到顾禹洋那么满意自己的安排，最终她还是没有说出口。

这时，《半岛铁盒》的音乐前奏响起来的时候，苏熠的手机也响了起来，来电显示的人名是许弋。

苏熠的心颤了一下。这个时候，他怎么会来电话？她看了顾禹洋一眼，将电话放到耳边。

"熠熠，我很想你……"电话那头，许弋的声音隐约有些嘶哑。

听到电话里面的声音，苏熠的心像是被什么揪了一下，她的手紧紧地握住了手机，紧张地喊道："许弋，你怎么了？许弋……"

听到苏熠的喊声，顾禹洋、阮恩恩，还有顾禹泽同时看向她。

可是这边的音乐声越来越大，苏熠听不到许弋的声音，她几乎要哭了，因为她听到许弋的声音不对劲，因为她听不到他要跟她说什么。

苏熠离开座位，拨开因为歌曲的高潮而站起来的歌迷，朝会场外面跑去，顾禹洋呼喊她名字的声音被淹没在一片歌声中。

苏熠一口气跑到会场外面，刚刚还看不见云的夜空此刻已经下起了毛毛雨。

苏熠对着手机喊道："许弋，你怎么了？出什么事了？"

一连串的问话，带着难耐的焦急。

"你在看周杰伦的演唱会吗？抱歉，熠熠，我没能陪你一起。"再一次听到许弋的声音，已经是平常时的口气，没有醉意，没有痛苦，让苏熠觉得刚才是自己出现幻觉了。

"许弋，你在哪儿？"苏熠问。

"和同事在一起聚餐。熠熠，生日快乐！"和以前一样，谈话又毫无预兆地中断了。

苏熠满脸泪水地转身过去的时候，正对上顾禹洋直直地看着她的眼神。

她竟有些慌张。

"许弋是谁？"顾禹洋看着苏熠的眼睛问道。

刚才她的样子那么慌张、那么焦急，而且她的反应那么激烈，顾禹洋不由得想要知道电话那头的人是谁。

苏熠紧紧地抓着手机的手一直颤抖着，指甲深深地陷进了肉里，满眼都是恐惧的神色，跟那天得知阮恩恩出了事的神色一样。

顾禹洋知道，这是苏熠害怕失去什么的神色。

"许弋是谁？"顾禹洋再一次问，隔着三米远的距离，他的眼神凌厉得让人战栗。

"我……我喜欢了很久的一个人。"苏熠看着顾禹洋说道。她觉得自己就要瘫倒下去了，但是她逃避不了这个问题，以前是她没有说，而现在顾禹洋却主动问了。

"熠熠，你现在还喜欢他吗？"顾禹洋似乎强忍着什么继续问她，他的声音平静得让苏熠感到害怕。

"不知道。"苏熠已经泣不成声。

她觉得她的心都要被撕裂了。不是"喜欢"，也不是"不喜欢"，她是真的不知道，她一直没有告诉过顾禹洋关于许弋的事情，她有时会想起许弋，她也没有告诉过顾禹洋，幸福来得太猛太突然，一切她还没有来得及准备好。

她已经对他有所隐瞒了，她不想再骗他。

顾禹洋看着苏熠，眼里的伤痛越来越浓。苏熠从来没有告诉过他在她的心里还有许弋这样一个人存在着，从来没有。

苏熠看着顾禹洋向她走过来，然后跟她擦肩而过，一直走过去。

苏熠害怕极了，她转过身去，拉住顾禹洋的手臂："顾禹洋，你听我解释。"

但是她的手被顾禹洋用力甩开了，顾禹洋从来没有这样粗鲁地对待过她。在所有人的眼里，顾禹洋对她一直都是那么温柔。

顾禹洋坐进一辆排队等候在会场广场上的的士里，"啪"的一声将车门关上，不理会外面使劲捶打车窗的苏熠。

苏熠扶着车，不停地捶打着车窗，一股强大的力量牵动着她，惯性的作用使得她栽倒在地上。但是顾禹洋并没有停下来，车子呼啸而去。

这时，阮恩恩和顾禹泽才从歌迷中间挤出来，跑到会场外面。

他们找到苏熠的时候，苏熠正坐在地上，雨水将她的衣服淋得湿湿的，她的脸上也湿湿的，分不清是雨水还是泪水。

"熠熠。"阮恩恩将苏熠扶起来，紧紧地将她抱住。

顾禹泽走过来和阮恩恩一起将苏熠扶上了一辆车，她的膝盖受伤了。那么重重地、生生地磕下去，她只觉得膝盖一阵疼。

一路上，苏熠都躺在阮恩恩的怀里抽泣着。阮恩恩什么也没有问，她听到了苏熠对着电话喊许弋的名字，顾禹泽也听到了。

车窗外呼啸而过的灯红酒绿、五彩斑斓他们都看不到听不到了，车里面是一片沉闷，越来越浓的沉闷。

当顾禹泽和阮恩恩把苏熠送上楼，并且打开门，按下灯的开关的时候，"砰"的一声，无数彩色的亮片和丝带在他们所在的地方落了下来，苏熠下意识地喊："顾禹洋，是你吗？"

可是空荡荡的房间里，没有回应，就连回声也没有。看着客厅里摆的生日蛋糕和饮料点心，她才想起为什么顾禹洋整个下午都不许她回家，要她直接在学校等他一起去吃饭，他说他一定会好好让阮恩恩一起为她庆祝生日。

[04]

苏熠呆呆地走进客厅，落下的彩带碎片粘在她的头发上、衣服上，她也没有伸手去拍落掉。她坐在茶几前，上面的生日蛋糕上插着蜡烛，用黄色的果酱写着"熠熠生日快乐"，她拿起打火机，将蜡烛一根根点亮，烛光照着她的脸，布满泪水的脸。

"熠熠……"阮恩恩哽咽着。

顾禹泽走到苏熠身边，看着蛋糕上的字说："我不知道你跟顾禹洋怎么了，但是我知道他为了买到演唱会的票，一个月前就开始给三家杂志社拍照片了。虽然每天都很累很辛苦，但是他却很高兴，说这次周杰伦的演唱会跟你的生日是同一天，是老天爷赐给他实现你的心愿的机会。"

"不是一家杂志社吗？"苏熠转过头去，缓缓地问。

"是三家。"顾禹泽沉沉的声音里带着叹息。

"因为还要弄到我和阮恩恩的门票，他去找妈妈要钱了。顾禹洋从来都不会主动找妈妈要钱的，她给我们，我们就用，没有我们也不会主动要。这个是妈妈后来给我打电话的时候我才知道的。顾禹洋是那么骄傲的一个人，跟妈妈之间也一直有隔阂……"顾禹泽说这些的时候，原本澄明清亮的眸子变得黑黑的，看不清楚里面装了什么。

怪不得他说他有办法解决，当时还说得那么轻松，那么若无其事，为了她和她每一句不经意的话，他都在那么努力地做着。

苏熠觉得自己的心很痛，很痛。

在看到顾禹洋的车子呼啸而去的时候，她知道她是喜欢顾禹洋的，她是那么害怕失去他。

这一切是从什么时候开始的呢？她也不知道，没有谁知道，她甚至不知道自己是喜欢许弋多一点，还是喜欢顾禹洋多一点。

顾禹泽走了，苏熠和阮恩恩一起躺在床上，阮恩恩紧紧地抱着她。

"恩恩，顾禹洋还会理我吗？"苏熠问阮恩恩，她的声音已经沙哑了。

"会的，你明天去找他，他会理你的，他那么喜欢你。"阮恩恩拍着苏熠的手。

一整夜，苏熠都没有睡着，直到天微微亮的时候，她才浅浅地睡去。半睡半醒间，她做了一个梦——

她坐在考场里，老师一直在催促说要交试卷了，她奋力写，可就是写不出字来。老师把试卷抽走了，她交了一张白卷……

苏熠站在导演系的楼下，来回走动着，膝盖还是有一些隐痛，走路的时候也不能像正常人那样轻快。很早她就起床来到学校，因为顾禹洋是今天上午第一二节课，所以她直接到表演系的楼下等他。

等待的时间是如此漫长，下课铃声就像照进地狱的光线一样，让苏熠看到了希望。

一群一群的人从教学楼里走出来，苏熠睁大眼睛看着，生怕自己错过顾禹洋。

不过顾禹洋很高，而且总是那么显眼，她应该可以找到他的。

终于，她看到顾禹洋了，确实非常显眼，因为他正有说有笑地跟三个女生一起走着。

看到他的时候，苏熠的心像是被什么东西刺痛了一下，她以为他会很难过很颓废，可是她看到的不是这样的。

他就像平常对她那样对着那几个女生笑着。

她突然想起了肖远说过的话，顾禹洋在导演系花名在外……顾禹洋是花花公子，怎么会为了她而伤心难过呢？

不过，她还是走了过去，不管顾禹洋怎么对她，她都要把实情跟他解释清楚，不然在他的眼里，她真的就是一个彻彻底底的骗子了。

"顾禹洋……"苏熠拦住了顾禹洋和那几个女生的去路。

顾禹洋看见她，眼睛里闪过一道光，嘴唇动了动，但最终像没有看到她似的，从她身边绕了过去。

另外三个女生不解地看了苏熠一眼，便也跟了上去。

"顾禹洋，她不是你的女朋友吗？你怎么不理她啊？"一个女生小心地问。

"她一直跟在后面呢，要不要……"另外一个女生回头看了一眼走在后面的苏熠。

但是顾禹洋没有出声，脸上的笑容也不见了，微微抿着嘴唇。

"我看……我们还是下次找你请教摄影技术的事情吧。"第三个女生扯了扯另外两个女生的衣角，然后，她们一起走开了。

就这样，只剩下顾禹洋和苏熠一前一后地走着，不知不觉已经走到了男生宿舍楼下。

"顾禹洋，你真的不想听我解释吗？"苏熠快速走了几步，

追上顾禹洋

"不想听。"冷冷的三个字，顾禹洋都没有看苏熠一眼。

苏熠的心被揪了一下，沉默了。

这时，顾禹洋已经走到宿舍门口了，他头也不回地走进去。

苏熠站在门外，慢慢地落下了泪。

顾禹洋没有像阮恩恩说的一样，她来找他就会理她，他……是真的那么喜欢她吗？

苏熠就像一具没有灵魂的躯壳一样游走在大街上，突然，手机响了。

"喂。"虽然她极力想打起精神来，声音却还是显得有气无力。

"熠熠，走路要小心，我怕你会撞到路灯。"是顾禹泽的声音，难得一见的轻快开玩笑的口吻。

"哦……"苏熠没在意，淡淡地说道。

但是随即，她像是意识到什么似的，握着手机向四周看去，满眼皆是来往的人群和车辆。突然，一只手拍上了她的肩膀，她被生生地吓了一跳，一转身便看见了顾禹泽那张温和的脸，上面有着满满的关心。

"学长……"

"我刚好在这个楼上，看到你没精打采的。"顾禹泽说话的口气尽量轻松，"跟禹洋还没有和好吗？"

苏熠摇了摇头。

顾禹泽看着苏熠，脸上的表情有一瞬间的凝重，不过马上，他拉起苏熠的手腕，什么也没有说地朝前面走去。

[05]

"你要带我去哪儿？"苏熠被他拉着，不知道顾禹泽想干什么。

顾禹泽回头朝她笑了一下，没有说话，又回过头去。

他们穿过人群，穿过巷道，然后坐上了一幢高楼的电梯一直到顶楼。

"这个地方是……"门打开以后，苏熠首先看到了高高的天空，眼底是撑着遮阳伞的座椅，有寥寥几个人坐在那儿，桌上摆着点心，有的聊天，有的看书，但是都很惬意。

顾禹泽还是朝苏熠淡淡地笑着，拉着她坐到护栏前的一张桌子前，说："等我一下！"

苏熠看着顾禹泽跑开的背影，随后将视线看向了远方。这里离天空好近好近，整座城市都尽收眼底。

苏熠闭着眼睛，感觉全身的神经都舒展开来。

"吃吧！"顾禹泽的声音在她的耳边响起，她睁开眼睛，眼前是大大的一盒冰激凌。

苏熠不由得张大了嘴，现在已经是深秋了，而眼前这个装冰激凌的盒子大得像一个汤碗。

她不解地看着顾禹泽。

"吃吧，这里面是有秘密的。"顾禹泽笑盈盈地对苏熠说道。

苏熠拿起勺子，在上面薄薄地刮了一层，放进嘴里，一种丝丝滑滑的感觉顿时侵入她的味蕾。

"好好吃！"她忍不住赞叹。

"在原来的地方再刮下一层。"顾禹泽看着冰激凌说道。

苏熠照做了。她细细地尝着口里的冰激凌，然后眼睛亮亮地看着顾禹泽说："好像有点不一样。"

"呵呵，你再吃第三口，还是在原来的地方。"顾禹泽舒心地笑着。

"啊，味道又不一样！"苏熠刮一勺放到嘴里，然后兴奋地喊道，"这是怎么回事？"

"这是有六种味道的冰激凌，每薄薄的一层就有一个味道，而且每尝一种味道，心情就会变得更好一点。"

顾禹泽看着苏熠，眼睛里波光流动。

"心情好一点了没有？"

"嗯！"苏熠点头，她低落的心情确实舒畅了不少。

顾禹泽笑了，苏熠第一次看到他笑得这么灿烂。

"原来不只顾禹洋会讨女生开心，你也会。"苏熠举着满满一勺冰激凌对顾禹泽说道。

但是提到顾禹洋，她的眼神又有些暗淡了。

"继续去找禹洋吧，把事情跟他解释清楚，你自己要相信那些都过去了。我了解禹洋，他之所以生气，是因为他觉得他在你的心里没有位置。"顾禹泽看着苏熠，沉沉地说道。

"你不问我到底是什么事情吗？"苏熠垂下眼睑看着勺子里面浅紫色的冰激凌。

"只有禹洋需要知道你以前到底经历了什么，你只需要做出你的选择，然后把结果告诉他。"顾禹泽看着苏熠长长的睫毛，眼里满是怜爱的神色。

苏熠抬起头看着顾禹泽，像是重新认识了这个人一样。

从他的话语里可以听得出，他大概知道是一件什么事情，他不问，只是不想让她在他的面前觉得难堪而已。

跟他坐在一起，她总是能平静下来，而他却总能恰到好处地给她以安慰。

"学长，在和恩恩在一起前，你有喜欢的人吗？"苏熠又想起了许弋，她之前喜欢过的人。

顾禹泽怔怔地看着苏熠，然后将视线转移到远远的天际，带着忧伤淡淡地说："有。"

"那你现在还喜欢她吗？"

"我把她锁在我心底的盒子里了，那个地方只属于回忆。"

"只属于回忆……"苏熠喃喃地重复，许弋也只属于回忆了，而现实里有的，是顾禹洋。

她还要那些镜花水月吗？她摇了摇头。

"怎么了？"顾禹泽看着摇头的苏熠。

"我还是会去找禹洋的。"苏熠往口里送了一大口冰激凌，一阵凉意从她的口里一直沁到胃里，她觉得自己从未如此清醒过。

她抬头看着顾禹泽说："谢谢你，你果然是最好的哥哥。"

"是的，我是最好的哥哥。"顾禹泽笑了，笑得很灿烂。

因为一直无法平静，顾禹洋拿着相机走到秘密花园。

远远地看见一个单薄的身影坐在湖边的草地上，瑟瑟的冷风将她的头发吹得有些凌乱，那个身影就如一只小猫一样蜷缩着。

他的眉头皱了一下，眼睛里有隐隐的伤痛。

他转身离开，可是走了几步之后又转身朝草地走去。

听到窸窸窣窣的脚步声，苏熠猛地转过头来，看到顾禹洋，她的眼里满是惊喜。

她站起来，压抑着声音说："你来啦。"

顾禹洋看着她，张了张嘴，最后有些冷冷地说："这么冷，不要坐在湖边，会感冒的。"

苏熠笑了，顾禹洋不会不理她的，他还是关心她，担心她会感冒。

"不会的，我穿了很多衣服。我知道你会来这里，所以一直在等你。"

顾禹洋看了她一眼，没有再说话，转身就要离开。

苏熠却上前一步抓住他的手臂，用倔强的眼神看向他，说："你真的不想原谅我了吗？"

顾禹洋看着她，然后将头别过去，沉沉地说："我以为我努力就会让你喜欢上我，可是我错了，你心里根本没有容下我的地方。"

"不是的，不是你想的这样的。"苏熠语速很快。

"那是怎么样的？你都不知道你还喜不喜欢他。那我呢？我算什么？你知道我有多喜欢你！"顾禹洋转过头来，大吼着。

顾禹洋像一直受伤的小兽，蹲在地上，捂着脸，眼泪不断地从指缝中流出。

"是！没有告诉你许弋的事情是我不对，可是，我真的不知道该怎么开口。我想忘记他，虽然这很难，但我真的想好好和你在一起，你能再给我一些时间吗？"苏熠的情绪有些激动。

当听到苏熠说忘记许弋很难的时候，顾禹洋彻底愤怒了！

他使劲甩手，欲将苏熠拉着他的手甩开。但是他太愤怒，力气太大了，瘦弱的苏熠被他一推，向后踉跄了几步，直直地掉进了身后的湖里。

"啪"的一声，苏熠喊出的"我发现我已经喜欢上你了"伴着她落水的声音一同传进了顾禹洋的耳朵里。顾禹洋快速地转过身去，拉住苏熠的手。

"熠熠，你抓住我！"他焦急地喊，然后使尽全力将苏熠拉了上来。

看着浑身湿透、瑟瑟发抖的苏熠，他顾不上她的挣扎，快速脱掉了她身上的外套，扔掉了围巾，把自己的大衣脱下来给她穿上，然后将自己的围巾紧紧地围在她的脖子上。

接着，他脱下苏熠灌满水的鞋子和袜子，将自己的袜子脱下来给苏熠穿上，然后自己光脚穿上鞋，这一切动作他竟然在几十秒钟之内完成了。

最后他不容苏熠反抗，背起她就朝马路的方向跑去。

苏熠趴在顾禹洋的背上，听着他跑动时的呼吸声，她竟然忘记了寒冷。

看着顾禹洋被冻得通红的脸，她将自己的脸紧紧地贴在上面，手也紧紧地抱住了他的肩膀。

顾禹洋以为她冷，一边跑一边喘着气说："熠熠，你坚持一会儿，马上就能打到车了，到车上就不冷了。"

苏熠还是紧紧地抱住顾禹洋，被顾禹洋背着跑的这一段长长的路，她觉得是她生活到现在最快乐的时刻。

她不知道她还喜不喜欢许弋，但她能确定的是，她已经喜欢上了顾禹洋，很喜欢很喜欢。

[06]

尽管的士上足足的暖气已经让苏熠暖和了很多，但是下车以后，顾禹洋还是背着她，一直背到洗手间里。

他把苏熠放在浴缸里，对苏熠说："熠熠，你快点洗个热水澡，水一定要烫，最好能洗出汗来。我出去把空调开着，出来你就不会冷了。"然后他伸手去开门。

"顾禹洋……"苏熠微笑着喊顾禹洋的名字。

顾禹洋回头看向她，笑了，笑容里满是悔意。

她的顾禹洋回来了。早知道这样就行的话，她应该早点跳到水里去的。

顾禹洋关上门出去了，苏熠在暖和的洗手间里，脱下顾禹洋的大衣、围巾，还有帽子。

上面全是顾禹洋身上的味道，她拿起来闻了闻，然后紧紧地将它们抱在了怀里。

苏熠出来时，茶几上已经放了一碗热腾腾的可乐姜茶。

顾禹洋拿着一床空调被，将她像是包裹婴儿般包了起来。

"快点把这个喝了，你千万不能感冒了。"顾禹洋将她报到沙发上坐下，把可乐姜茶端到她的手里，然后拿起吹风帮她吹干头发。

　　苏熠端着热乎乎的可乐姜茶，看着顾禹洋没有穿袜子的脚，她的眼睛湿润了，她想起顾禹洋之前说过的话："熠熠，前世你做的善事一定很多，才会让你遇见了我。"

　　她突然很感谢她前世做了那么多的好事，让她遇到了顾禹洋。

　　苏熠将姜茶放下，转过身看着顾禹洋。

　　"怎么了？还冷吗？"顾禹洋看着苏熠眼里的泪光，将吹风机关掉。

　　"不是。"苏熠看着顾禹洋直摇头，眼里的泪却越来越多了，眼眶终于装不下，溢了出来。

　　"已经感冒了吗？很难受吗？"顾禹洋将裹着苏熠的空调被拉紧了一些，有些焦急地问。

　　"不是。"苏熠还是摇头。

　　"熠熠，你怎么了？你不要吓我。"顾禹洋是真的急了。

　　苏熠"哇"的一声扑进顾禹洋的怀里，大哭了起来，顾禹洋一时不知所措。

　　"顾禹洋，我以为你再也不会理我了！"苏熠带着哭腔说道。

　　听了苏熠的话，顾禹洋的表情放松下来，拍着苏熠的肩膀没有说话。

苏熠哭了一会儿，从顾禹洋的怀里挪出来，胡乱地拿空调被擦着眼泪鼻涕。看着仍然只穿了一件衬衫的顾禹洋，她光脚就跑下了沙发。

"熠熠，不要光脚在地上跑，地板上多冷啊！"顾禹洋在后面喊。他话音刚落，苏熠拿着他那件黑色大衣跑了出来。

她一边替他穿上一边说："你冷不冷？"

顾禹洋拉住苏熠帮他穿衣服的手。

"我刚才背着你这头小笨猪跑了这么远，然后喝了一杯可乐姜茶，一直待在开了空调的房间里，一点都不冷！"

"我才不是小笨猪。"苏熠噘着嘴，脸红红的。

顾禹洋看着苏熠，眼睛里的光芒忽然闪烁起来。

苏熠也愣住了，看着顾禹洋灼热的眼神，她的脸更红了。

顾禹洋轻轻地将头俯下，当她的额头触到顾禹洋的头发的时候，她紧紧地闭上了眼睛。

一阵温热的感觉从唇上传来，这是苏熠的第一个吻，她跟顾禹洋的第一个吻。

她觉得自己几乎要窒息了，她放在顾禹洋胸膛上的手可以感觉到强有力的扑通扑通的心跳。

沙发上，苏熠躺在顾禹洋的怀里，温暖不已。她对身后的顾禹洋说："我告诉你许弋的事情。"

"嗯。"顾禹洋的心快速地跳了几下，握住苏熠的手，"好。"

"三年前，我初中毕业进入高一，妈妈允许我和同学一起参加旅行社的旅行团，我选择了去云南，就在那里，我遇到了许弋。"苏熠喃喃着。

　　几年以来，她第一次见到许弋时的场景一直深深地刻在她的脑海里，一刻也不曾模糊过。

　　顾禹洋似乎有些紧张地抱紧了苏熠。

　　"因为听说那里正在举办一场海峡两岸大学生辩论赛，许弋所在的学校也入围了比赛。因为我所要就读的高中正是许弋所读大学的附属中学，所以我和几个即将进入那所高中读书的同学特地跟导游请了一天假，去了举行辩论赛的酒店。在那里，我看到了许弋，他在辩论席上意气风发，受人瞩目。他话语的力量、思维的活跃，赢得了阵阵掌声，也在我的心中蔓延开来，怒放如花，而那时他念大二，就像我们现在的年纪。"

　　苏熠仿佛再一次回到了见到许弋时候的那个会场，见到了一个才华横溢的许弋。

　　顾禹洋则沉默着，没有说一句话。

　　"后来，毫无悬念地，许弋带领的团队获得了比赛的第一名。我以附属中学学妹的名义跑过去跟他说恭喜。那时候的许弋，有大海一样的笑容，也许就是在他对我笑的那一刻，我喜欢上他了吧……后来我就和同学分开了，加入了辩论队的旅行，尽管之前我已经看遍了那里大大小小的街道和山寨。许弋一路上对我很关心，我们还偷偷离开队伍跑出去玩，后来他还被他的老师好一顿训。"

说到这里的时候，苏熠笑了一下，顾禹洋依旧沉默着。

"开学以后，我以各种各样的借口接近许弋，到最后，他的同学和朋友都认识我了，而我却成为他最最疼爱的妹妹。许弋是优秀的，光芒四射，有很多追着他的女生，只是我是最小的一个。他也会谈恋爱，也会失恋，失恋了以后又会有新的女朋友，我却一直赖在他的身边。当我对他说我喜欢他的时候，他就会弄乱我的头发说'熠熠，你就是一个孩子'。虽然我知道他对我并不是喜欢，却一直跟在他身边，舍不得离开，我很可笑是吧？"

说到后面的时候，苏熠转过身去看了顾禹洋一眼。

顾禹洋抚摸着她的头发，摇头说："不是。"

"许弋会把他的心事告诉我，他喜欢的女生，他遇到的烦心事，似乎我们就真的是感情很要好的兄妹一样。我一直喜欢着他，喜欢着他所喜欢的东西。所有的人都知道我喜欢他，可是他就只是把我当成妹妹而已。最后我受不了自己的生活状态了，完全没有自我，所以借着读大学我逃走了，我想忘记他。"

苏熠说完了，长长地舒了一口气，抬头看着顾禹洋。

"所以你念法语系，喜欢周杰伦，最后来到这里？"顾禹洋轻声问道，眼睛里有忧伤的神色。

　　"嗯。"苏熠老实地回答。

　　"熠熠……"顾禹洋沉思了良久，再一次看着苏熠。

　　苏熠示意他往下说。

　　"你已经慢一拍喜欢上我了，现在我再给你一点点时间让你忘记许弋，但是只能有一点点时间，你做得到吗？"顾禹洋认真地问。

　　苏熠的心颤了一下，惊愕地看着顾禹洋，然后含泪点点头。

最甜蜜温暖的童话
也是最黑暗无奈的迷宫
· PLEASE DON'T LET GO ·
· OF MY HAND ·

最甜蜜温暖的童话
也是最黑暗无奈的迷宫
· PLEASE DON'T LET GO ·
· OF MY HAND ·

第五章

四个人的爱情太拥挤

PLEASE DON'T LET GO OF MY HAND

[01]

"你还是学着做饭吧。"肖远将脚搁在茶几上，闭着眼睛一边听音乐一边对正在餐桌上吃着热腾腾的泡面的苏熠说。

"不用学，我会煲汤呀。"苏熠一边吹着面一边说。

"你煲汤的手艺是不错，但是也不能天天只喝汤吧！你看你现在就在吃泡面了，要不就是出去吃盒饭，这样不好。"肖远用大哥哥的口吻对苏熠说。

"吃泡面和盒饭也只是偶尔呀，顾禹洋有空闲的时候我就有好吃的了，你还不是经常来蹭饭。"一想起顾禹洋经常给自己做的饭菜，苏熠的心里就暖暖的。

"没想到顾禹洋交上女朋友以后会这么专情，他以前从来不会正经地跟喜欢他的女生在一起的。"肖远到现在还一直觉得不可思议。

这时，苏熠的电话响了，是苏妈妈。

她飞快地按下接听键，高兴地喊道："妈妈！"

"熠熠，最近好不好？"电话那头苏熠妈妈关切地问。

"妈，我好着呢。"苏熠撒着娇。

"熠熠，你一定要好好吃饭，现在天气冷，千万不能吃冷饭冷菜。还有，少吃点泡面，对身体不好。还有……"

后面的话苏熠没有听进去，大意就是要多穿些衣服，一个人在外面要照顾好自己。她突然想起阮恩恩的妈妈，对比起阮恩恩的处境，听着妈妈这些唠叨，她的心里有一阵暖流流过。

她突然对着电话说："妈妈，我爱你。"

电话那头出现了一阵沉默，几秒钟后，苏妈妈在那头小心地问："熠熠，你还好吧？"

"我很好，就是很想你。"苏熠有些哽咽。

"爸爸和妈妈也很想你。熠熠，你找个男朋友吧，这样在外面也有个人照顾你，爸爸和妈妈也不是老顽固，只是你自己交朋友的时候要小心……"苏妈妈说出这句话的时候，苏熠将手机拿到离自己耳朵一个手臂的距离，肖远看了，在一旁呵呵直笑。

"熠熠，你旁边有人啊？"苏妈妈的警惕性很高。

苏熠朝肖远瞪了瞪眼睛，然后将手机递给肖远。

肖远接过手机，乐呵呵地说："阿姨，您好。"

"肖远，谢谢你照顾熠熠，熠熠让你照顾我们很放心。"听到肖远的声音，苏妈妈的声音更是提高了八度，坐在旁边的苏熠都听得见。

听到妈妈说的这句话，苏熠的眉头皱了起来，难道妈妈一直在打肖远的主意？

"阿姨，照顾熠熠是应该的，您放心，我一定保证熠熠在这边吃得饱穿得暖，每天都开开心心的。"肖远是那种在长辈面前就特别会卖乖的人。

"那就好，其实我和你叔叔都很看好你哦！"苏妈妈的意思很明显，这让一旁的苏熠多少有些不好意思。

"阿姨，我是想死赖着苏熠，不过她都不需要我，她……"

看到苏熠朝他抡起的拳头，肖远立刻改口："她独立能力可强了。"

肖远和苏妈妈好一阵寒暄后，终于结束了通话。

"你刚才是想跟我妈说顾禹洋是吧？你可千万不要说，不然我保证她挂了电话就会收拾行李来这里要看看顾禹洋是什么样子。"苏熠警告肖远，然后又揶揄他，"你照顾我？你天天跟米娜腻在一起，好一段时间都看不到人。"

"你有顾禹洋照顾啊，还用得着我吗？"肖远嬉笑着，接着就有一个抱枕朝他飞了过来，他闪到一边躲开了。

"对了，肖远，最近你好像总是一个人，米娜呢？"苏熠咬了一大口苹果问。

"你不是嫌我影响了你跟顾禹洋的二人世界吧？"肖远一脸可怜的表情。

苏熠作势就要把手里的苹果扔过去，还好肖远及时求饶："米娜最近要忙论文，所以我们在一起的时间就很少了。"

"小心哦，米娜这么漂亮肯定很多人追哟！"苏熠调侃。

"那不可能，米娜对我可忠贞了！"肖远一脸陶醉，拽得尾巴都要翘上天了。

苏熠的手机再次响起，是顾禹洋的微信："熠熠，我在楼下，你快点下来。"

苏熠看着手机，甜甜地笑了，起身将苹果核扔进垃圾桶里，然后对肖远说："忘了告诉你了，我先跟顾禹洋一起去拍照片，然后去学校练舞，下个星期五就要公演了，你自己好好在这里听音乐吧。"

"下个星期五公演？"肖远坐正身子，惊讶地问。

"我记得我早就通知你了，你别告诉我你去不了。"苏熠皱着眉说。

"还真的去不了，我一直实习的那个公司的领导说星期五要带我去见识一场商业谈判。熠熠，我在那里待了这么长时间，当了这么久的实习生，好不容易才有了这个机会，你不会不支持我吧？"肖远一脸讨好的表情。

"唉，谁刚才跟我妈说一直照顾我来着……"苏熠皱眉思索着。

"这样，等你演出结束以后，我给你摆庆功宴，可以吧？"肖远站起来拍着胸脯，"不过……你和顾禹洋去拍照片能不能带上我，我一个人待在这里会无聊的。"

"等你摆了庆功宴再说吧。"

"熠熠，你不是也这么无情吧。你带我去吧，我一个人真的很无聊。"肖远乞求，但是苏熠已经头也不回地走了。

苏熠跑出公寓大厅，顾禹洋正坐在单车上等她，长长的腿支在地上支撑车子。

"是不是等了很久？冷不冷？"苏熠跳到顾禹洋面前，伸手摸着他被冻得红通通的耳朵。

"不冷。"顾禹洋将手从口袋里拿出来，拉住苏熠的手，"你今天在家做什么？"

"跟肖远一起听歌呀。"苏熠想起出门时肖远像是被她收留的流浪猫一样可怜的样子，不禁咯咯直笑。

"你们俩的感情还真好，我都有些忌妒了。要不是肖远那小子已经有米娜了，我一定要好好防着他！"顾禹洋从包包里拿出一个白色的毛茸茸的耳罩给苏熠戴上。

"嗯，肖远对我真的很好。小时候我让他做的事情没有一件是他办不到的，即使是让他把他当舞蹈演员的妈妈的衣服偷出来给我穿，他也毫不犹豫，后来他被他爸爸打得屁股开花，被他妈妈罚扣一个月的零花钱都没有把我招出来。"

想起她和肖远小时候的事情，苏熠更是笑得开心。

顾禹洋宠溺地看着苏熠纯真的笑脸，然后拍了拍单车的后座说："好啦，你再说我现在就跑上去，把肖远从楼上扔下来。上车吧，今天我带你去一个特别美的地方。"

看着顾禹洋的样子，苏熠笑着坐上了单车的后座，然后紧紧地抱住了顾禹洋的腰。

苏熠把头靠在顾禹洋的背上的时候，他笑了一下，朝后面看了苏熠一眼，然后飞快地向外驶去。

[02]

芭蕾舞剧团校园公演的当天，学校体育馆早早地就坐满了前来观看表演的师生以及学校邀请的部分校外人员，大家都满心期待着这部长达两个小时的既具传奇性又具世俗性的爱情悲剧《吉赛尔》。

阮恩恩拉着顾禹泽从人群中挤过，找到与票上对应的座位，第五排十五号、十六号和十七号，他们坐下来很久以后，顾禹洋才从人群中挤过来。

"我好紧张啊，马上就要开始了。"阮恩恩捂着胸口，紧张地说道。

确切地说，她不是紧张，是太兴奋了，在她的眼里，苏熠比女神还要纯洁高雅，她对她崇拜不已。

为了这场演出，苏熠每天都很努力地努力地练习，现在终于要看到她在这所大学所有人面前闪亮登场了，她无法不为她高兴。

顾禹泽看着她的样子，温和地笑了笑。

顾禹洋却说："你有什么好紧张的！"但是随后他又面带担心的神色，"不知道熠熠现在怎么样了？除了演出人员和工作人员，其他人不准去后台，早知道我就一定争取到摄影的工作。"

这时，坐在他们身后的一排女生正在叽叽喳喳地议论着。

"听说跳吉赛尔角色的是一个刚进大一的学生呢！"

"啊？刚进大一就跳这么重要的角色，那一定是很厉害了！要知道芭蕾舞剧团里面，全都是得过大奖的人呢！"

"那也不一定，一个大一的女生会比大三大四的学姐跳得好？我倒想看看她跳得怎么样！"

"喂，你们说什么呢！"

阮恩恩腾地站起来，转过身对着她们大声吼着，着实把坐在她身边的顾禹泽和顾禹洋吓了一跳。

而后排那几个女生更是被她的样子吓得一脸惊愕，周围听到她的吼声的人都停止了说笑，一脸惊讶地看着她。

"熠熠哪里没有实力跳吉赛尔了？你哪只眼睛看到啦？我看你们一个个眼睛大大的，怎么全说些瞎话！不要在别人还没有开始跳的时候就说她跳得不如人家好。我告诉你们啊，熠熠一定会是里面跳得最好的一个，你们就睁大眼睛好好看演出吧！"

说完，也不等那几个女生说话，她又腾地坐下来。

所有人都被她的气势吓得一愣一愣的，尤其是后排的那几个女生，直到阮恩恩说完话坐下半天都没有出声，反应过来后，看着盯着她们看的同学，都窘迫不已。

被阮恩恩的样子惊吓到的人还有顾禹泽和顾禹洋，最后，他们两个都笑了。

阮恩恩真的不是一个简单的女生，而由此可见，她跟苏熠的关系确实好到令人羡慕。

后台。

演出进入倒计时，苏熠和剧团的其他成员一起站在幕布后面候场，虽然她跟大家一起说笑着缓解紧张的情绪，但还是感觉到自己的心怦怦直跳。

这不是她第一次参加公演，但却是她第一次演出她梦寐以求的角色——吉赛尔。

这个角色对舞蹈演员来说具有极高的技术要求和极准确的情感表达要求。她高中的时候就已经开始练习这个角色了，这所大学选中她也是因为她对吉赛尔这个角色的完美诠释。

但是到了真的要展现在大家面前的时候，她还是有些紧张，要是这个时候阮恩恩在身边就好了。

"熠熠，你是最棒的！"似乎看出来苏熠有些紧张，其他同伴围上来对她说道。

"谢谢。"苏熠看着同伴们的一张张笑脸，她们都在告诉她，她们相信她会带领大家跳得很好的。

其实当初剧团敲定要她跳吉赛尔这个角色的时候，有很多人是不服气的，这里有好几个跳舞的时间都比苏熠长。

但是一起排练的时候，苏熠的表演功底最终还是获得了大家的一致肯定，而最终她们也成了惺惺相惜，互相照顾的好伙伴。

看着她们，苏熠顿时觉得自信了不少。

这时，卡捷琳娜击掌喊道："准备，幕启！"

苏熠拍了拍胸，深深地吸了一口气。然后，像城门一样的幕布开启了，一阵热烈的掌声如雷鸣般响起。

台下，阮恩恩高兴地笑着，手掌几乎都拍肿了，顾禹泽表情沉稳，但面带期待的神色，顾禹洋手里拿着相机，随时准备举起来连拍。

即将演出的这个故事发生在欧洲中世纪莱茵河畔的一个

村庄。

少女吉赛尔与微服出访的伯爵阿尔布雷希特一见钟情，由于不愿伤害这位出身卑微的纯情少女，阿尔布雷希特没有向她袒露自己的真实身份。

猎场看守人希拉利昂对吉赛尔一直苦苦地单相思，阿尔布雷希特的到来立即引起他的注意和怀疑。

恰好在此时，亲王带着女儿巴蒂尔德公主外出打猎，吉赛尔母女盛情邀请他们在家里休息。希拉利昂找到了阿尔布雷希特藏匿起来的贵族佩剑，发现了他的贵族身份，于是迫使他当众承认自己是门第高贵的伯爵，并已同巴蒂尔德公主订婚。

吉赛尔闻讯当场精神失常，心碎而猝死。

幕布完全开启的时候，展现在大家眼前的是一幅田园风格的布景画，左侧是吉赛尔与她妈妈住的矮小的房屋，正面透过一排排高大的树木，可以隐隐约约看见伸向远处的山丘和葡萄园。一个秋日的早晨，柔和的阳光洒满了舞台，给人一种温馨的感觉。

到吉赛尔出场的时候，苏熠身着白纱裙跳起轻快活泼的舞蹈。她的形象是那样淳朴可爱，台下的观众一下子被这位普普通通的农村姑娘深深地吸引住了。

阮恩恩、顾禹泽和顾禹洋更是被苏熠充满活力和热情的样子惊艳到了，顾禹洋毫不犹豫地举起相机，快速地按动快门，一连好几个连拍。

舞台上，当吉赛尔得知阿尔布雷希特是门第高贵的伯爵，并已同巴蒂尔德公主订婚的时候，音乐也进入了最高潮。

吉赛尔失去了理智，疯狂地用双手抱住头，嘴唇微微颤动，然后冲向阿尔布雷希特和他的未婚妻之间把他俩分开，并愤怒地把阿尔布雷希特送给她的项链扔到脚下。

此时，吉赛尔似乎在一刹那间从一个天真、活泼、调皮的少女变成了一个被谎言所摧残的可怜少女。

她还没有来得及了解现实生活中的丑恶和欺骗，就将所有对美好的憧憬结束在了一刃寒光之中。

第一幕在这震撼人心、催人泪下的悲哀气氛中结束了。

顾禹泽的眼睛直直地凝视着缓缓拉上的幕布，胸口不断起伏着，胸膛的某个地方似乎有一样东西在激烈地跳动着，阮恩恩此时已是泪流满面，顾禹洋则久久握着相机没有放下。

幕布拉上的时候，台下没有发出一点声音，大家甚至来不及鼓掌，幕布就已经重新开启。

舞台上是一片墓地。

吉赛尔的坟墓上立着一个大大的十字架，周围弥漫着蓝色的月光、银白色的雾。

在这样忧伤的气氛中，苏熠与男主角双双起舞，那宛若天鹅、轻盈旋转的舞蹈让一切看上去凄美不已。

最后一幕场景，吉赛尔手中的一朵百合花掉在地上，随后她也消失在晨曦之中。

阿尔布雷希特捡起百合花，把它紧紧地贴在自己的胸前，带着无限的爱恋跪在舞台前面……

泪水像洪水一样在体育馆里决堤，抑制不住的忧伤泛滥成灾。

谢幕的时候，所有的观众都站起来鼓掌，苏熠看着人群里的阮恩恩、顾禹洋、顾禹泽，含着泪笑了，她成功了。

她看到顾禹洋朝她竖起了大拇指，而顾禹泽看向她的时候，眼睛里异彩流转，那温文尔雅的脸上满是激动的神色。

[03]

苏熠换好衣服走出体育馆的时候，前来观看演出的人都已经散了，她远远地就听到阮恩恩的欢笑声："禹泽，你看，下雪了！"

她跑到台阶前，密密麻麻的细白的小雪花毫无规律地在天空飞舞着，就像精灵一般。

天还没有完全黑，而且因为下雪，比往常这个时候还要亮一些，校园的路灯已经点亮，灰蒙蒙的天色里，灯光都泛着一圈圈的光晕。

真的下雪了！今年的雪下得好早啊。苏熠伸出手，将雪花接在手里。

这时，阮恩恩将苏熠拉到台阶下面，拉着她又蹦又跳："熠熠，恭喜你，演出相当成功。你看，这么大的雪，我们明天就可以堆雪人了！"

"嗯，我也很开心。"苏熠和阮恩恩一起跳着，像两个疯丫头一样。

就在她们两个人各自伸出手在原地转圈圈的时候，一个滑滑板的小孩从体育馆的另外一头迅速地向她们冲过来。

苏熠和阮恩恩太高兴了，并没有注意到他，她们还在不断地笑着转圈，转向了他意图经过的地方。

"熠熠！"顾禹洋的声音远远地传来，苏熠这才看到小孩站在滑板上以不能控制的速度朝她们撞了过来，她下意识地喊："阮恩恩！"

接下来苏熠只觉得一阵天旋地转，一切发生得太快，她甚至没有看清楚事情发生的经过。等她清醒过来的时候，她的手臂正被顾禹泽紧紧地拉着，顾禹洋站在后面，伸出去的手悬在空中，眼睛里满是惊愕的神情。

阮恩恩！

苏熠焦急地看向阮恩恩，谢天谢地，她没有事，而那个滑滑板的小孩却摔倒了。

时间好像静止在这一刻了，阮恩恩看着苏熠和顾禹泽，一脸错愕，原本亮晶晶的眼睛暗淡下来。

苏熠看了一眼顾禹泽，又带着慌乱的眼神看向阮恩恩。

自己怎么在顾禹泽的身边，顾禹泽不是应该抓住阮恩恩的吗？顾禹泽是应该要抓住阮恩恩的，当时可能是他离她比较近，所以刚好拉住了她……不不不，他原本是要拉住阮恩恩的，但是慌乱中拉错了人，她和阮恩恩靠得那么近……

"恩恩！"随着苏熠的喊声，顾禹泽放开了紧紧抓着苏熠的手。

苏熠走到阮恩恩身边，伸手去拉她的手，她却把手缩了缩，苏熠抓了个空，手僵在空中。

"熠熠。"阮恩恩像个已经没有了灵魂的躯壳一样看着苏熠，呆呆地叫她名字，眼睛里没有一丝光彩。

"恩恩……"苏熠几乎要哭出来了。

"熠熠，我没事，我……我被吓到了。"那张像是只有躯壳的脸似乎裂开了，里面装着好好的阮恩恩，就像变脸一样，只是一眨眼，看不出她跟以前有什么不一样。

她转身扶起摔倒的小孩，关心地问："你是哪个老师家的调皮小孩？让我看看有没有摔到哪里！"

"谢谢姐姐，我没事，对不起。"小孩被阮恩恩扶着站起来，将滑板抱在手里。

"以后不要在路上玩滑板了哦，很不安全的。"阮恩恩笑眯眯地对小孩说道。

苏熠、顾禹泽和顾禹洋看着阮恩恩，有些不知所措。

小孩跑开后，阮恩恩脸上的微笑没有散去，她转过身来看着苏熠他们，看到他们的表情，笑着问："你们都怎么了？我真的没事！"

"恩恩……"苏熠走上前去，想拉住她的手，可心里又有些不安，怕她再次缩回去。

顾禹泽也望向阮恩恩，他素来沉稳，现在看起来竟讪讪的有些不自然。

"我没事啦，我都说了刚刚只是被吓到了，你知道那股冲击力有多大！"阮恩恩拉着苏熠的手，紧紧地握了一下，脸上是一如既往的笑容。

"刚才顾禹泽正好离你比较近，还好他拉住了你，不然你要是被撞到了，那可怎么办！顾禹泽，是不是呀？"阮恩恩笑眯眯地说着，朝顾禹泽看了一眼。

顾禹泽看着阮恩恩，没有说话，脸上的表情有些沉重。

苏熠抬头呆呆地看着阮恩恩，是这样吗？她真的也是这么想的吗？

"熠熠，我们去陶艺室吧，我哥把陶艺课调到了明天，我们去那儿开Party！恩恩准备了很多好吃的呢！你今天一定很累了，先和大家一起吃点东西，然后回家好好睡一觉！"

顾禹洋站出来将手搭在苏熠的肩上，看着她说道，然后又看了顾禹泽一眼，朝他点了点头。

顾禹泽的表情有些涩涩的。

"好，这可是我专门为熠熠准备的！"阮恩恩把苏熠的手放到顾禹洋的手里，然后自己跑到顾禹泽身边，挽住顾禹泽的手，回过头对着身后的两个人说道。

看着阮恩恩拉着顾禹泽一直独自说笑着的背影，苏熠的心里有隐隐的不安，虽然阮恩恩很轻松地解释了刚才发生的一切，但是，刚才从她的眼里一闪而过的，好像是……害怕？她在害怕什么？是顾禹泽吗？她因为害怕会失去顾禹泽，所以才极力掩饰的吗？

"熠熠，你们怎么这么慢，快点呀！"阮恩恩回过头来朝苏熠喊道，脸上一直带着笑。

"哦，来啦！"苏熠对阮恩恩说道。随后她会心一笑，阮恩恩都已经跟顾禹泽在一起了，他们两个一直都那么快乐，一定不会有事的！

她看了身边的顾禹洋一眼，笑了笑说："阮恩恩真是一个急性子。"然后拉着他就跟了上去。

顾禹洋一直偏头看着身边的苏熠，脸上的表情是少见的凝重。

大家坐在陶艺室一张放物品的桌子前，桌子上其实是有陶土的，阮恩恩和苏熠将桌子收拾干净后，铺上了一张白色底的碎花桌布，然后摆上水果和茶点，再煮好四杯热腾腾的咖啡放在上面，整个气氛顿时温馨不已。

"来，恭喜熠熠演出成功！我就知道我家熠熠是最棒的！"顾禹洋端起杯子，大声宣布。他高兴得就像自己演出成功了一样。

看着顾禹洋在大家面前激动的样子，苏熠觉得很不好意思，红着脸拧了他一把。

"哎哟哟……不带这么疼我的。"顾禹洋抓住苏熠拧他的那只手，笑嘻嘻地说道。

苏熠的脸越发烧得厉害。

阮恩恩看着苏熠和顾禹洋亲昵的样子，下意识地望向顾禹泽，他此刻正举着杯子看着苏熠和顾禹洋，脸上挂着淡淡的微笑，温文尔雅，毫无异常之色。

阮恩恩像是放下了什么重担一样，舒了一口气，笑着将手伸出来，说道："你们都要酸死我了！来，咱们碰杯！"

几个人碰杯的时候都笑了，之前发生的事情似乎已经云淡风轻地过去了。

阮恩恩拿了一片吐司，在上面抹一层草莓酱，然后将芒果条放在上面，盖上另一片吐司，一个很简单的水果三明治就做好了。

"喏，吃吧。"她将三明治递给顾禹泽，似乎有些不好意思，但又故作豪爽。

顾禹泽接过三明治，看着阮恩恩，原本带着歉意的脸竟然有些红了。阮恩恩看到顾禹泽的样子，也羞涩地低下头。

苏熠看着此时的阮恩恩和顾禹泽，更加肯定刚才是自己想多了。

是呀，她可是众所周知的爱瞎操心的人。顾禹泽不是也说了吗？他当她是最好的妹妹。

于是，她整个人轻松下来，和顾禹洋对视一眼，都低下头偷偷笑了。

然后顾禹洋抬起头来对苏熠说："熠熠，我也要爱心三明治。"

被他这么一说，阮恩恩的脸就更红了，顾禹泽温和地笑着。

苏熠将杯子捧在手中，看着他们说笑的样子恬静地笑着，但愿这样快乐的时光会一直延续下去。

苏熠收拾桌子的时候，顾禹泽坐在拉坯机前专注地摆弄起手中的陶土来。

"咔嚓！"

顾禹洋举着相机，对着顾禹泽快速地按下了快门。

顾禹泽惊愕地抬起头，然后温和地笑了，他打趣道："顾禹洋，你这走到哪儿拍到哪儿的习惯还真是有点让人受不了。"

顾禹洋笑嘻嘻地说："摄影师就是要捕捉生活中的点点滴滴，等我出了名，你的这张照片可能就被放在著名的展览馆展览了。"

顾禹泽看着顾禹洋嬉笑的样子，无奈地摇了摇头，笑了笑。

"恩恩呢？"苏熠收拾完以后就没看到阮恩恩了，走到顾禹泽面前问道。

"在里面呢。"顾禹洋指了指他身后的门。

"我进去找阮恩恩了，你们聊。"苏熠指了指门，对顾禹洋说。

"知道啦！"顾禹洋用手指点了一下苏熠的额头，口气里全是宠溺。

顾禹泽看着顾禹洋和苏熠各自笑得开心的脸，笑了一下，然后低下头做手中的事情。

"她们两个还真是一刻也离不开。"苏熠进去以后，顾禹洋摇着头笑着对顾禹泽说道。

"是呀。"顾禹泽也笑了。

[04]

"阮恩恩！"苏熠打开门，冲过去一把抱住阮恩恩，想吓她一下。

阮恩恩确实被她吓了一跳，她转过身来，放下手中的陶器和抹布，一脸惊魂未定的表情，拉着苏熠的手说："大小姐，下次我在这个房间的时候你千万不要吓我，这里可都是顾禹泽的宝贝，要是打碎了，我会六亲不认的。"

苏熠看着阮恩恩一脸极其认真的样子"扑哧"一声笑了，佯装生气地说："臭丫头，吃了东西以后就没见人影了，还说是要替我庆祝呢，却躲在这里帮顾禹泽擦陶器！"

"我哪有！"阮恩恩又羞又急，"我就是过来看了那么一小会儿嘛。"

"哈哈，逗你呢。"苏熠笑嘻嘻的。

阮恩恩拿起刚才的陶器，用抹布仔细地擦起来。

苏熠趁机打量四周，这是一个很小的储藏室，不足四平方米，三面墙上分别靠墙放着三个架子，架子上摆满了陶器，有花瓶、碗、罐子、人等等，有的是彩陶，有的是彩绘陶，每一件陶器从颜色和质地看都是做工极其细致的。

顾禹泽真是制作陶艺的天才，苏熠不禁感叹。

"被震撼了吧？"阮恩恩一边擦着手中的陶器，一边很得意地说。

"嗯。"苏熠点头。突然，她的视线落在靠南面的架子上，第四排的一件陶器，是一颗形状怪异的心，着色也很怪异，从白色到粉红到玫红到大红渐变着，令人怦然心动！

"那个是……"苏熠好奇地问。

"什么？"阮恩恩顺着苏熠的视线看过去，随即开心地笑了，将凳子搬到那个架子前，一边踩上去一边对苏熠说，"我竟然忘记告诉你了。熠熠，你还记得我们刚来这里学陶艺的时候一直偷偷议论顾禹泽做的那件陶器吗？"

"记得……"苏熠想起那时顾禹泽做陶器时专注的神情，然后恍然大悟，"难道这就是顾禹泽得奖的那件陶器？"

"你真聪明。"阮恩恩从架子上拿下那颗心，小心翼翼地递给苏熠，生怕失手打碎了。

苏熠将那颗心捧在手里，这就是顾禹泽得奖的作品啊，本来说好要给她看的，后来发生了太多事情，所以她到现在才有机会看到它。

她将整颗心在手中转了一圈，发现这是一颗被封死的心，没有出口，她喃喃地说："这是一颗迷失的心。"

"熠熠，你说什么？"阮恩恩站在凳子上，听不清楚苏熠说的话。

"没什么。"苏熠朝阮恩恩笑了笑。她仔细看的时候，发现在这颗心最下面大红色的地方，用更深的红色刻着一行小小的字：有女心似陶。

苏熠的心颤动了一下，想起了顾禹泽那天晚上在陶艺室对她说的话："你就像这些制作成功的陶器，只要涂上色彩，就可以在烈火中光芒四射。"

她拿着那颗心发呆，心里却翻江倒海。

为什么她会有一种强烈的感觉，觉得这颗心上的"她"就是她呢？

接着，演出的时候顾禹泽看她的眼神浮现在她的眼前，她不禁微微一颤，因为那个眼神仿佛要看到她的心里去一样。还有刚刚被玩滑板的小孩吓到的时候，顾禹泽那双紧攥着她的手和异常关切的眼神……这些让她的头脑又变得混乱起来。

"熠熠，你还是把它给我吧，你拿着翻来覆去地看，万一打碎了怎么办！"阮恩恩站在凳子上对苏熠说道，简直将顾禹泽的宝贝看成了比她的命还重要的东西。

有些失神的苏熠被阮恩恩的话猛地一惊，有些尴尬地点点头。

就在她伸手将这颗心递过去的手，阮恩恩踩着小凳子上，重心突然发生偏移，她猛地一晃，直直地倒了下来。

苏熠伸手想要抱住她，却失手将手中瓷器滑落。

"砰"的一声，苏熠和阮恩恩的心同时猛地一惊。

"发生什么事了？"顾禹洋和顾禹泽一前一后破门而入。

接下来，四个人都看到了地上被摔成碎片的陶器。

"怎么回事？"顾禹泽看着地上的碎片，原本温和的脸竟如冰雕刻成的一样，凌厉、冰冷不已。

苏熠和阮恩恩看到顾禹泽的样子都吓坏了，他们从来没有见过顾禹泽生气过。

一时间，这间小小的屋子里连空气都似乎不流动了。

阮恩恩瘫在地上，几乎都要哭了。

苏熠将阮恩恩扶起来，对顾禹泽说："对不起，是我没拿稳。"

她的声音越来越小，俨然一个做错事的孩子。

顾禹洋走过去，拉着她的一只手说："你没受伤吧？"

苏熠使劲地摇头。

顾禹泽没有说话，蹲下身将碎片一片一片地拾起来。

"禹泽，对不起，对不起……"阮恩恩急促地说道。她的样子看上去害怕极了，苏熠紧紧地拉着她，阮恩恩却挣脱她蹲到地上，去跟顾禹泽一起拾陶器的碎片。

"我来清理吧。"顾禹泽的声音冷冷的，冷得连苏熠都打了一个寒战。

阮恩恩就像没有听到顾禹泽的话一样，继续拾着碎片。

"我说了我来清理！"顾禹泽一把抓起阮恩恩的手，恼怒地说道。

阮恩恩泪眼婆娑地瞪大了眼睛看着他，她的手被顾禹泽捏得紧紧的，但更疼的是她的心，平时那么温柔的顾禹泽，这次竟然为了一件陶器对她发这么大的脾气，他曾经将一个获得国际陶艺比赛的陶器都送给她了，那个奖比一个市区奖要大得多不是吗……

顾禹泽抓着阮恩恩的手的力气突然减弱了，他看着阮恩恩流着血的手，说："你受伤了？"

阮恩恩倔强地将手抽回来，继续拾着碎片。

"该死！"顾禹泽将拾到手里的碎片放到地上，拉着阮恩恩的手走出了储藏室，从柜子里找出药箱，在阮恩恩面前坐下。

他小心地用棉签蘸着酒精将阮恩恩手上擦破皮的地方清洗干净。阮恩恩的伤口被酒精沁着，感觉很痛，她不禁缩了缩手。

顾禹泽却拉住她的手，头也不抬地说："忍一忍，不用酒精消毒会感染的。"

他的声音依旧冰冷不已。

阮恩恩满眼害怕地看着顾禹泽，偷偷地抹掉眼泪。

苏熠站在一边，看着一直压抑着抽泣而导致身体颤动的阮恩恩，一股无名的怒火从心底升起，她挣脱顾禹洋的手，冲上前去甩开顾禹泽正拿棉签给阮恩恩擦伤口的手，抱住阮恩恩，怒气腾腾地看着顾禹泽："顾禹泽，陶器是我打碎的，你把气撒在我身上吧，不要怪恩恩！你看她都自责成什么样子了！"

时间在这一刻又静止了，顾禹泽直直地看着满脸怒意的苏熠，拿着棉签的手停留在空中。

"熠熠，你不要对禹泽发火……"阮恩恩拉住苏熠的手，说完以后，眼泪又哗哗地流了下来。

看着眼前的场景，顾禹洋隐隐地叹了一口气，走上前缓和气氛地说道："今天是给熠熠庆功，大家都应该高兴，这是什么意思嘛……"

顾禹泽看了紧紧地抱着阮恩恩的苏熠一眼，神色黯然，淡淡地说："还是先给恩恩清洗伤口吧。"

苏熠抬头看了看顾禹泽，没有动，他看她的眼神好像有一种特别的东西在里面，让她心虚异常。

"熠熠，让他给恩恩清洗伤口吧。"顾禹洋走过来拉着苏熠的手说。

苏熠再一次看了顾禹泽一眼，终于从阮恩恩面前移开了。

顾禹泽蹲在阮恩恩面前，继续用棉签蘸着酒精给阮恩恩清洗伤口。

随后，他还细心地吹了吹被涂了酒精的地方，接着小心翼翼地在伤口上撒了一些云南白药，一边撒药一边问阮恩恩："疼吗？"这一次，他的声音是柔和的，语气里充满了关心。

阮恩恩咬着牙摇了摇头，脸有些红红的。

最后，顾禹泽用纱布将阮恩恩的手包好，拉着阮恩恩的手一脸歉意地说："对不起，我不应该对你发火。"

"可是……可是那件获奖的陶器打碎了。"阮恩恩的眼泪又出来了。

顾禹泽伸手抹掉阮恩恩脸上的泪水，叹了一口气。良久，他看着阮恩恩说："碎了就碎了吧，是我太在意了，对不起。"

　　"真的没有关系吗？"阮恩恩的心里还是很不安，她总觉得有什么不对劲。

　　顾禹泽摇了摇头，说："你们先回去吧，我收拾一下。"

　　"禹泽……"阮恩恩还想要说什么，苏熠走过去将手放在她的肩上说："走吧，我们先送你回去。"

　　"那我们走了。"顾禹洋将包包递给阮恩恩和苏熠，对顾禹泽说道。

　　顾禹泽微微点头笑了一下。

　　苏熠走出门的时候，扭过头来看了顾禹泽一眼，却正好撞上顾禹泽的目光，她的心"咯噔"了一下——顾禹泽看她的眼里满是伤痛，让人隐隐地感觉到他内心好像有几股力量在痛苦地交错挣扎一样……

　　"熠熠，走吧。"顾禹洋将手揽在她的肩上说道。

　　"好"闻着顾禹洋身上的气息，苏熠竟有些慌乱，她再一次看向顾禹泽的时候，他对她笑，眼神里的伤痛消失得无影无踪，她再次摇了摇头，在顾禹洋前面走了出去。

　　顾禹洋再次看了顾禹泽一眼，然后将门关上了。

深夜，在这个城市的另一端，一个身影坐在遮雨棚下面的椅子上，从高高的地方看着大雪一层一层地覆盖在跑道上，看着最后一点黑色被白雪覆盖，他面前一层一层高高的台阶看台就像是一个云梯，而他坐在最寒冷的高处。

顾禹洋抱着一打啤酒出现在椅子后面，走到身影的旁边，叫道："哥。"

坐着的人将头仰起来，白雪映着他的脸，一张忧伤的脸。看到顾禹洋，他笑了笑说："你怎么来了？"

顾禹洋在他的身边坐下，将包着啤酒的塑料扯开，拿出一罐递给他，自己也拿了一罐，然后将剩下的几罐放在身边的椅子上。

"啪啪"两声，两罐啤酒腾出了气体。

"你每次有事的时候都会坐在这里，从中学开始就是这样。我只是没想到这么冷你也会来，但还是来碰一下运气。"

"你这小子。"顾禹泽笑着摇了摇头，"你总是能找到我。"

"是你一直都没有变。"顾禹洋喝了一口啤酒说道。

"那个时候爸妈开始做生意，我们两个开始变得孤单。"顾禹泽握着手里的啤酒。

"想好毕业干什么了吗？大四的学生都在找工作了。"顾禹洋皱了一下眉，转移话题。

"去家里的公司上班。"顾禹泽微笑着说道，说得很轻松。

"什么？我们不是说好了都不去的吗？你做陶艺，我做摄影，我们不要过他们给我们安排的生活！"听了顾禹泽的话，顾禹洋显得有些激动。

"可是我们之中总要有一个人去的，不然我们两个都不能做自己喜欢做的事情，你知道爸妈的厉害。"顾禹泽还是微笑着。

"不行，绝对不行！你那么喜欢陶艺，你舍得放弃吗？我们都已经长大了，他们再也控制不了我们了。"顾禹洋吼道。

"禹洋，我只希望你好好的，做自己想做的事情，我做什么都无所谓的，真的。爸妈也不想他们的事业没有人继承，什么时候你在外面玩够了，也可以随时加入进来。"顾禹泽抓住顾禹洋的肩膀。

"哥……"这算怎么回事，本来就是要转移话题的，可是转来转他却还是转不出来。

顾禹泽却一直笑着，在成长的日子里，他一直是顾禹洋依靠的大树，尽管他只比他大两岁。

"熠熠和恩恩呢？"顾禹泽看着顾禹洋生气的脸，便也转移话题。

"都送回家了。"顾禹洋犹豫了一下，还是问了，"你真的一点也不喜欢阮恩恩吗？"

"喜欢，只是……"

"只是有更加喜欢的人，所以无法再接受别人吗？"顾禹洋将视线看向了远方，说话的声音有些缥缈。

顾禹泽没有说话，将罐子送到嘴边，狠狠地灌了一口。

"哥，你会不会恨我？我明知道你喜欢苏熠，却还是把我的心意告诉了你。因为我知道你会让着我，从小到大都是这样。"

凉凉的风吹过来，顾禹洋的眼睛里蒙上了一层水雾。

"顾禹洋……"顾禹泽将手放到顾禹洋的肩膀上，看着他说，"苏熠她喜欢你，这不是我让你的结果，你知道吗？"

"我知道，可是……"顾禹洋没有看顾禹泽的眼睛，而是将头低下了。

"我是应该彻底放下了。"顾禹泽舒了一口气，看着顾禹洋，"阮恩恩呢，她真的是个好女生，我会一直对她好的。"

"真的吗？你真的可以放得下吗？"

"可以的，苏熠就是我最好的妹妹。"顾禹泽笑了笑，随后又问道，"安妮的事情你跟苏熠说了吗？"

"她现在在挪威的疗养院，等她的病情有所好转了，可能会在那里定居的。"顾禹洋转动着手里的罐子说道。

"你自己看着办吧。"顾禹泽拍了拍顾禹洋的背。

顾禹洋看着漫天飞舞的雪花，沉沉地叹了一口气。

最甜蜜温暖的童话
也是最黑暗无奈的迷宫
· PLEASE DON'T LET GO ·
· OF MY HAND ·

最甜蜜温暖的童话
也是最黑暗无奈的迷宫
· PLEASE DON'T LET GO ·
· OF MY HAND ·

·第六章·

黑暗的深渊

[01]

　　这已经是今年冬天的第二场雪了，有阳光也有雪，这样的景色在苏熠所住的城市是没有的。她所住的地方，雪经常是路过一下然后就扬长而去，有时几乎一年也看不到雪，只有下个不停的毛毛雨。

　　不像这里，白天的雪被阳光融化了，晚上还是会下，而阳光总是来不及将所有的雪融化，所以这里仍然银装素裹。

　　阮恩恩站在艺术楼的楼下不断地跳动着，让身体产生热量以抵御不时吹来的风带来的寒意。今天她跟苏熠都没有课，因为芭蕾舞剧团下午有一些小事情，所以她去图书馆看书，苏熠去艺术楼开会，然后两个人一起去顾禹泽的陶艺室。

　　阮恩恩认为苏熠的会开得差不多的时候就过来等她了，没想到却来早了。

"熠熠！"看到苏熠和她的同伴们说笑着从大厅里走出来，阮恩恩在外面使劲招手，大声地喊她的名字。

见到阮恩恩，苏熠高兴地朝她跑过来。

"开会说了什么呀？你的脸笑得都快变成一朵花了。"阮恩恩像是被苏熠的开心感染了，拉着她的手不停地摇晃着打听她们开会的内容。

"你猜猜。"苏熠笑得很开心，也很神秘。

"嗯……你们上次的演出很成功，学校给你们发奖学金！"阮恩恩瞪大眼睛。

"对了一半。"苏熠的笑容更大了。

"那是什么呀？我猜不出来，你告诉我吧。"阮恩恩苦着脸央求。

"芭蕾舞剧团要去莫斯科大学演出了！"苏熠看着阮恩恩一副受折磨的样子，忍不住脸上的笑，大声对她说道。

"啊，真的吗？莫斯科大学！"阮恩恩的眼睛睁得大大的，眼里满是喜悦和羡慕的神情，"好棒啊！"

"嗯。我们学校的芭蕾舞剧团本来就是跟莫斯科大学联合办的，我们的指导老师卡捷琳娜就是莫斯科大学派过来的呀！"苏熠说话的时候眼睛里光彩熠熠，"上次的演出，莫斯科大学的芭蕾舞剧团看过了，所以便邀请我们过去参加他们的圣诞演出。"

"哇，在莫斯科过圣诞节！"阮恩恩双手互握放到胸前，仰起头感叹。

"是呀，俄罗斯芭蕾在世界芭蕾艺术中是独一无二的，是全世界古典芭蕾的中心，也是乌兰诺娃和柴可夫斯基的故乡呢！"说着，苏熠向校门口跑去，一边跑一边旋转，长长的红色围巾被甩在空中。

她感觉自己是旋转在莫斯科的教堂、宫殿、钟塔和塔楼之间，听到了雪从白桦树上抖落下来的声音，莫斯科的古典盛宴在等待着她。

"熠熠，你可要记得给我带礼物啊！"阮恩恩笑着追了上去，在身后留下了无比欢快的笑声。

地铁门刚一打开，阮恩恩和苏熠就一前一后跑了出来。

"熠熠，我去买一杯饮料，你先过去。"阮恩恩拉着苏熠说道。

"我们一起去吧。"苏熠提议。

"你先过去吧，外面冷。我跑过去再跑回来比两个人去要快。"阮恩恩说完以后，便头也不回地跑了。

"好吧。"苏熠摇摇头笑道。

就在她走到陶艺室门外的时候，正好遇见了匆匆赶来陶艺室的顾禹泽。看到顾禹泽，她原本一直笑着的脸呆了一下，自从上次之后，她就再也没有见过顾禹泽了。

就在她看着知如何是好的时候，顾禹泽朝她走了过来，在距离她十公分的地方停下。

苏熠感觉有点呼吸困难，这个距离太近了，是一个拥抱的距离。可是下一秒，顾禹泽蹲下身，一边系着她的鞋带，边说："你的鞋带散了。"

苏熠低下头一看，鞋带果然散了，被她踩得又脏又湿。她看着顾禹泽为她系鞋带的洁白而修长的手指，竟有些不知所措。

顾禹泽站起身来，脸上是一如既往的温和表情。

"刚才你看上去很高兴，有什么喜事吗？"他的声音很沉稳，好像从来没有发生过什么。

看到顾禹泽还跟以前一样，苏熠的尴尬也消除了不少。

"嗯，芭蕾舞剧团要去莫斯科大学参加圣诞演出。"苏熠点头说道。

"圣诞演出？哈，这样顾禹洋恐怕就要伤心了。"顾禹泽微笑着说道。

苏熠的表情又变得有些呆呆的，没错，顾禹泽对她还是跟以前一样，完全没有变，他只是把她当妹妹。

"你们怎么站在外面呀？好冷，快点进去。"阮恩恩跑到苏熠和顾禹泽面前，戴着手套的手拿着一听可乐，脚还保持着原地跑动的状态，拉着苏熠便往里面走。

"禹泽，上次那件陶器的碎片还在吗？"阮恩恩一边用手挤压着拉坯机上的陶土，一边小心翼翼地向站在桌子前挑选陶土的顾禹泽问道。

听到阮恩恩的话，苏熠的眼睛也看向了顾禹泽。

"你问那个做什么？"

"我想帮你补好，那件陶器对你来说似乎很重要。"

"不用补了。"顾禹泽的手顿了一下，随即又边挑陶土边说，"都已经碎了，不要再想它了。"

苏熠看着顾禹泽的脸，他的表情平淡温和，波澜不惊。

"我可以补好的，真的"阮恩恩小声嘀咕。她本来是想问清楚那件陶器是不是有什么特殊的意义的，可是听到顾禹泽说的话以后，她终于彻底地松了一口气。

她太高兴了，一不小心就疏忽了手上的动作，手里的陶土形状变得极其怪异，根本看不出是个陶盆。

"禹泽，我做的陶盆怎么变成这样啦！"阮恩恩指着那个歪七扭八的陶盆，哭笑不得地朝顾禹泽嚷着。

"我看看。"顾禹泽走过去，看着拉坯机上的陶盆，皱了一下眉头，然后说道，"你做给我看看。"

"哦。"阮恩恩又将双手手指放到不停地在拉坯机上转动的陶盆上。

"我跟你说话的时候你要认真听，你看，你这个手指的方向就不对。"顾禹泽好气又好笑地摇头，然后手把手地教阮恩恩手指的用力方向。

阮恩恩缩了一下肩膀，嘟着嘴扮鬼脸。

苏熠坐在桌子前，捧着一杯热茶看着一起做陶艺的顾禹泽和阮恩恩，嘴角微微上扬。他们还跟以前一样，苏熠笑了，这几天来，她心里的阴霾在这一刻彻底地一扫而光了。

[02]

"熠熠，你真的要去莫斯科？我好惨啊，一个人过圣诞节。"顾禹洋将滚好的雪球放在原本堆好的雪堆上，一直不停地抱怨苏熠要去莫斯科的事情，他的样子像极了受气的小媳妇。

"我就去一个星期呀，圣诞节过后第三天就回来了，到时候我们再一起过。"苏熠一边将两颗大大的巧克力豆按进雪人的脸上上，做雪人的眼睛，一边咯咯笑着。

"好吧……"顾禹洋显得很沮丧。

苏熠从挎包里拿出一颗圣女果按进雪球里，这样就做好了雪人的嘴，她后退一步，端详了雪人一眼，然后甜甜地笑了。

抬头看见顾禹洋丧的表情，她娇俏的脸上出现了一抹邪笑，突然，她从地上抓起一把雪，揉成一团，朝顾禹洋扔过去。

"啪"的一声，小雪球正中顾禹洋的胸膛。

顾禹洋抬起头，看到苏熠在雪人后面朝他笑，而她前面的雪人，有着大大的黑眼睛，还有红红的小嘴唇，好可爱。

看着雪人和雪人后面甜甜地笑着的苏熠，顾禹洋也笑了，他从雪地上拾起刚才苏熠扔他的小雪球，出其不意地扔了过去。

"啊，扔进我的脖子里了。"苏熠大叫一声，但是又有一个雪球飞过来，在她的身上散开并"嗖嗖"地落了下去，她从地上抓了一把雪朝顾禹洋追过去。

就这样，在一块空旷的雪地里，穿黑色羽绒服的顾禹洋和穿白色羽绒服的苏熠不断追打嬉闹着，空中飞来飞去的小雪球不断地撒下"雪沙"，笑声飞进周围的小树林里，并向更远的地方飞去。

最后，两个人靠着雪人坐着，不停地喘着气，互相看对方一眼，脸上都带着如花般灿烂的笑容，这一刻，连空气都是幸福的。

"熠熠，你要是在这片雪地里跳芭蕾，一定很好看。"顾禹洋突然感叹着说道。

"你想看吗？我跳给你看，正好我带了舞鞋。"苏熠说着就要起身，却被顾禹洋拉住了。

"不用了，太冷了，而且地上有雪，怎么能穿舞鞋跳舞呢，我能想象出你在这里跳舞的样子。"顾禹洋看着她，然后转过头去看着天空，似乎真的开始想象苏熠在雪地里跳着芭蕾旋转的场景。

"熠熠，你忘记许弋了吗？"顾禹洋坐在雪人的另一边，突然高声问道。

"嗯！"苏熠点点头，随后将视线看向了天空，阳光有些刺眼。是呀，她已经有多久没有再想起许弋了呢？她独自摇头，时间久得连她自己都不记得了。

顾禹洋坐在雪人的那一边，也看着天空笑了。

他说："谢谢你熠熠。"

苏熠微笑着手伸出去，拉住顾禹洋的手，转过头来看着他说："你等我回来。"

顾禹洋握紧了苏熠的手，看着她灿烂的笑容，觉得幸福不已。

他很幸福，真的很幸福。

看着看着，顾禹泽的话突然浮现在他的脑海里。

"安妮的事情告诉她了吗？"

安妮，是呀，还有安妮，要告诉她吗？

"你在想什么？"苏熠看着顾禹洋有些出神的样子问道。

"没有什么……"顾禹洋笑着摇了摇头，将身体挪动到苏熠身边，抱住她的肩说，"我等你回来。"

"嗯。"苏熠在他的怀里点头。

顾禹洋看着向远处延伸的湖面，还是等她回来以后再说吧，他不能让她忐忑不安地去她梦想中那个国度。

校车在艺术楼前面稳稳停住，苏熠提着行李最后一个走下车，她刚把行李箱放下，阮恩恩就扑过来抱住了她，她跟跄了一下，差点朝后面倒下去。

"熠熠，想死我了！"阮恩恩挂在她的脖子上，撒着娇说道。

"我也很想你。"苏熠定了定神，抱着阮恩恩说道。

阮恩恩松开她，用手捧着她的脸左看看右瞧瞧，然后点头说："谢天谢地，西伯利亚恶劣的天气没有把你冻成一个冰雕回来。"

苏熠朝她笑了一下，然后四处张望起来。

"别看了，顾禹洋没有来。"阮恩恩将她的头扳正。

"他去哪里了？"苏熠明显有些失落，还在飞机上的时候，她就一直在想他，她以为下车后第一个看到的人就会是他，可是阮恩恩却告诉她说他没有来。他不记得她今天回来吗？还是有什么事情让他走不开……

"我也不知道。"阮恩恩嘟着嘴。

苏熠从包包里掏出手机开机，这几天她忙着排练演出，一直没有联系。

当她正要打顾禹洋的电话的时候，阮恩恩拿过了她的手机，说："别打了，他关机了。"

"关机？"苏熠瞪大眼睛看着阮恩恩，怎么会关机呢？

他从来都不关机的。想到这里，一股隐隐的不安在她的心里扩散开来。

　　"禹泽这几天也没有去陶艺室，他的电话也打不通……我完全找不到他们兄弟俩，连肖远那儿我都问了。"阮恩恩说话的声音沉沉的。

　　"你的意思是说……"苏熠的身体颤抖了一下，犹疑地说道。没等她说完，阮恩恩就接过她的话说："他们两个好像消失了。"

　　"消失……"苏熠喃喃着，心也跟着扑通扑通地跳了起来。

　　到底发生了什么事情，顾禹泽和顾禹洋会同时消失？他们两个人怎么会毫无预兆地消失呢？顾禹洋说过会等她回来的呀……

　　"我先陪你回家吧，其他的事情以后再说。"

　　阮恩恩的情绪也有点低落，但她仍努力控制情绪，让苏熠看起来没那么担心。

　　苏熠任由阮恩恩拉着走，脸上的表情却越来越凝重。事情真的有这么巧吗？

　　顾禹洋可是连午饭吃的是什么都会告诉她的人呀。

　　她越来越忐忑不安，一种不好的预感，铺天盖地地向她袭来。

　　苏熠和阮恩恩回到家的时候，肖远和米娜两个人已经做好了一桌丰盛的晚餐在家里等她们，准备庆祝苏熠从莫斯科演出归来。

苏熠问肖远是不是顾禹洋和顾禹泽也在这里，肖远反问她说顾禹洋还没有回来吗。

听到肖远的问话后，苏熠的眼神暗淡下去，她连最后一丝希望也熄灭了。

整个晚餐的气氛显得有些低沉，肖远和米娜看到苏熠的情绪有些低落，而且一直不停地看手机，便早早地离开了。

阮恩恩走到门口的时候，不放心地对苏熠说："你真的不需要我陪吗？"

苏熠对阮恩恩笑着摇了摇头说："回去吧，你妈妈还在家里等着你呢。我没事，坐了那么久的飞机，很累了，你走后我就洗澡睡觉。"

"那你要好好的哦，别乱想。"阮恩恩嘱咐了苏熠一句，便开门出去了。

就在门关上的那一秒，苏熠拿出手机，拨打顾禹洋的电话，一个好听的女声传来："对不起，您拨打的电话已关机，请稍后再拨。"

苏熠一直举着手机，她重复地听着那个好听的女声，并且强烈地希望里面突然传出顾禹洋的声音来。

她一直不停地拨打着顾禹洋的电话，开始是每隔五分钟拨一次，后来是十分钟拨一次，然后就是一个小时拨一次。

可是她始终没有如愿，那个好听的女声过后，电话里的忙音敲击着她的心脏，将她的大脑一点一点地抽空。

她开始焦急地等待第二天的到来，也许明天顾禹洋就在学校出现。

第二天，苏熠按照顾禹洋的课表，早早地等在了他将要上课的教室，可是课都已经上了一半了，她还是没有看到顾禹洋的身影。

就在她看着LED大屏幕出神的时候，有人用笔敲她的肩膀，她惊喜地回过头去，却看到一张陌生的脸。

"你是顾禹洋的女朋友吧？我在上次芭蕾舞剧团的演出里看到了你的表演，你真漂亮。"那个女生有些兴奋。

"谢谢。"苏熠笑了一下，然后转过身来。她现在没有心情和别人谈芭蕾舞的事情，她的心里乱糟糟的。

"喂……"可是后面的那个女生又用笔在敲她的肩膀，并且小声喊她。

苏熠无奈，只好转过身去，看着她问："怎么了？"

"我是想问你，你是不是来找顾禹洋的？"女生看到苏熠情绪低落的脸，小声问道。

"你知道他去哪里了吗？"苏熠的眼睛突然一亮，激动地将手放到了那个女生的桌上。

那个女生被苏熠激动而焦急的神情惊到了，随后说道："顾禹洋六天前就跟系里请假了，而且是他哥哥帮他请的假。"

"六天前……请假……"苏熠独自喃喃，六天前正好是她去莫斯科的第二天。

"你知道他是因为什么事情请假吗？"苏熠紧接着问。

"这个我们就不知道了。"那个女生抱歉地笑了笑。

"哦……谢谢啊……"苏熠的手还放在那个女生的桌上，保持着侧身坐着的姿势。

"那位同学，上课的时候请坐好。"正在上课的教授突然停下来，对苏熠说道。

一百多双眼睛齐刷刷地同时看向苏熠。

"对不起。"苏熠站起身来道歉，然后在所有人惊愕的注视下慢慢地走出了教室。

第二天，苏熠又出现在顾禹洋的课堂上，顾禹洋没有出现，第三天也是如此，顾禹洋的同学对她议论纷纷。

而阮恩恩也每天去陶艺室等顾禹洋，可是结果也一样。

顾禹洋消失了，没有告诉她去了哪里。

[04]

在顾禹洋消失的第十天，苏熠抱着一沓书从图书馆穿过几栋教学楼，走在通往校门口的那条又长又宽的路上。

路边两排高大的梧桐树的主干被整齐划一地刷上了一层白白的石灰，枝桠上的树叶已经落尽，苍劲的树枝被冰雪包裹着，努力地向天空中伸展着。

苏熠走到校门外，站在台阶上远远地向四周张望，在寻找顾禹洋的这几天里，这样的张望成了她的习惯，她总是期待能在某一处人群中看到顾禹洋的身影。

就在她要走下台阶的时候，她看到一辆蓝色的士朝校门口驶过来。

的士在她前面不远的地方停下来，从那里面下来的人会是顾禹洋吗？

苏熠的眼睛一眨不眨地盯着车门看着。

车门打开了，一个穿着黑色长羽绒服的女生从车里走下来，女生的头上戴了一顶红色的贝雷帽，长长的直发，围着一条白色的围巾。

女生拉住一个背黑色书包的男生问了一些什么，那个男生摇了摇头，但是他身边的女生却将手指向了苏熠。

苏熠的心"咯噔"一下，她不确定那个女生指的是她还是她所在的方向，竟然呆立在原地没有挪动步伐。

那个女生朝她走过来了，然后在她面前站定，苏熠看清楚了她的脸，清丽而漂亮。

"你是苏熠吗？"那个女生问，声音里面却是不同于她柔弱外表的傲慢。

"是。"苏熠回答，她不认识这个女生。

就在苏熠思考着她是谁的时候，"啪"的一声，她惊得手里的书散了一地。一阵火辣辣的疼痛从她的脸上蔓延至全身，同时蔓延的还有她口里的血腥味。

她只觉得脑袋"嗡"的一声，耳朵里出现了一阵阵耳鸣的声音。

一时之间，她什么也听不见了，只看到那个女生突然变得凌厉的脸和那只从她的脸上划过的、还抬在她面前的手，还有周围的人不断张开闭合的嘴和说话时指向她的手指。

苏熠用手捂着脸，满眼惊愕地呆立在原地，竟然一句话都说不出来。

"我是来警告你的，我不许你做顾禹洋的女朋友，不许你跟顾禹洋在一起！"女生的声音严厉、尖锐，她的身体因为极力克制着激动而不停地抖动着。

苏熠没有说话，她被吓到了，刚才的那个耳光让她整个人瞬间麻木了。

就在这时，她远远地看到一个人拨开围观看热闹的同学，朝这边跑过来，那个身影看起来好熟悉。

近了，她看清楚了，是顾禹洋！

苏熠突然觉得很委屈，眼泪大颗大颗地从眼眶里掉下来。

她在心里喊道：顾禹洋，你总算出现了，我被人莫名其妙地打了一个耳光……

顾禹洋跑到她们面前停下来，他看了一眼苏熠用手捂着的脸，皱着眉头转过身去，拉着那个女生的手，有些恼怒地说："安妮，你跟我回去！"

就在顾禹洋拉着那个女生的手说话的那一刻，苏熠的心跌进了黑暗的深渊，她甚至听不到它跌下去碎裂的声音。

顾禹洋没有问她"熠熠，你疼不疼"，他只是看了她一眼，就转过身去了。

消失了那么多天的顾禹洋终于出现了，却是如此让她觉得心痛。

顾禹洋带着那个叫安妮的女生走了，临走的时候，他转过身对苏熠说："熠熠，你等我。"

可是这几个字苏熠听不进去了，因为她看到了被顾禹洋手拉着手的安妮，回头朝她露出了一个得意的微笑，那是胜利者的微笑。

自始至终，苏熠都没有说一句话，也不知道安妮到底是谁。

她在众人的指指点点和议论纷纷中将散落在地上的书一本一本地拾起来，然后挪动步子离开了那个高高的台阶，刚才发生的一切就像幻觉一样让她觉得不真实。

苏熠不知道自己在黑暗中坐了多久，一阵急促的门铃声狠狠地将她吓了一跳。

她机械地从沙发上站起来，走过去开门。

门打开以后，她被拥进了一个结实而有些冰凉的怀抱里。

她没有抬头看他的脸，她记得这个熟悉的味道，带着橙子的清香，是顾禹洋身上的味道。

她挣脱那个怀抱，机械地走回到沙发上蜷缩成一团坐着。

"啪"的一声，客厅里的灯亮了。

耀眼的光线刺痛了苏熠的眼睛，她用手将脸捂住。

顾禹洋走到她面前蹲下身来，将她的手从脸上拿下来握在手里。

苏熠不禁哆嗦了一下，顾禹洋的手冰凉冰凉的，跟他的怀抱一样。

灯光刺得她的眼睛只能微微地睁开一条细小的缝，透过两条细小的缝，她看到了顾禹洋那张帅气却憔悴不已的脸，这样的他看来成熟而沧桑。顾禹洋似乎在几天时间里，从一个男孩变成了一个男人。

"熠熠……"

顾禹洋伸出手指轻轻地触摸苏熠红肿的半边脸，手指有轻微的颤抖，他的声音里满是怜爱和疼惜。

苏熠轻轻地别过脸，顾禹洋的手指悬在了空中。

顾禹洋看了她一眼，起身去了厨房，再出来的时候，手上端着的玻璃碗里有两颗煮熟的鸡蛋。他将鸡蛋剥去壳，从药箱里拿出纱布包着，轻轻地放在苏熠红肿的脸上。

滚烫的鸡蛋贴在苏熠的脸上，她的身体颤抖了一下，露出疼痛的表情。

她想要别过脸远离那颗令她的脸更加疼痛的鸡蛋，却被顾禹洋用手固定住了。

顾禹洋小心翼翼地拿鸡蛋在她的脸上滚动着，看她的眼神里面充满了自责。

苏熠的眼睛已经适应了明亮的光线，完全睁开了，眼眶红红的，有些肿。

她看着顾禹洋憔悴的脸和哀伤的眼神，想着他以前那张阳光般灿烂的笑脸，一阵赛过一阵的疼痛从她的心里滚过。

"安妮呢？"她问。

顾禹洋的眼里闪过一丝惊喜，不管苏熠问的问题是什么，但是她终于肯开口跟他说话了。

"在家，等她睡着以后我才出来。"

"现在几点了？"

"两点四十了。"

"外面冷吗？"

"冷。"

苏熠接过顾禹洋手里的鸡蛋，自己轻轻地揉着。顾禹洋将另外一颗鸡蛋剥了，也用纱布包好，换过苏熠手里的鸡蛋，这一次放上去的时候，跟第一次一样，很烫很痛，苏熠咬了咬牙，继续拿鸡蛋在脸上揉着。

"告诉我你和安妮的事情。"苏熠平静地说。

从顾禹洋进来到现在，她一直表现得很平静。

她整个人在挨了安妮一巴掌的那一刹那就麻木了，至今仍未恢复过来。

她还是不知道安妮是谁，但是她知道安妮肯定是顾禹洋的谁。

[05]

"安妮是我爸爸的生意伙伴的女儿，我跟哥哥认识她的时候，她是一个有严重抑郁症的女生。她爸爸妈妈一直忙于生意，根本就顾不上她，她总是一个人……"顾禹洋沉沉地说道。

苏熠的心悸动了一下，如果顾禹洋没有顾禹泽，或者顾禹泽没有顾禹洋，他们两个中的一个是不是也会得自闭症，因为他们的情况是如此相似。

"她不会笑，不跟人说话，偏执，有严重的强迫症。因为双方父母的关系很好，所以经常让她和我们生活在一起，三个小孩和两个保姆组成了一个成天见不到父母的……生活场所。"说到最后一个词的时候，顾禹洋顿了顿。

苏熠看着他的脸，他是想说家的吧，可是他意识到那个不叫家，只是生活场所而已。

　　"和安妮在一起的时候，我和哥哥总是会特别注意，对她也会格外关心，我们之间形成了一种亲密的关系，她是我和哥哥非常疼爱的妹妹。但是……"顾禹洋停顿了，脸上有淡淡的忧伤。

　　"但是什么？"苏熠脱口而出，她只是本能地想知道事情的真相。

　　"因为安妮一直跟我在同一个班念书，所以对我格外有一种严重的依赖性和占有欲。只要我跟别的女生有亲密的接触，她就会情绪失控，因此我一直都没有交过女朋友。直到那个阳光明媚的下午，我遇见了你……"

　　顾禹洋抬头看向苏熠，并且握住了她的手。

　　"我远远地看见你站在路牌下，焦急地等待着过马路，微微上扬的脸上有着倔强的纯真，所以忍不住走过去举起相机照下了你的脸。其实我也不知道我们还会不会再见面，当时我想如果我能再次遇见你，就放开一切追求你。"

　　回忆起以前的情形，顾禹洋的脸渐渐舒展开来，眼睛里有一闪而过的光彩。

　　"我们在一起的时候，安妮呢？她在哪里？"苏熠松了一口气。安妮挥手打了她一巴掌以后，她有过无数种关于他们的关系的猜测，但是现在事情至少不是那么狗血，安妮不是顾禹洋的另外一个女朋友。

"安妮虽然一直跟我们在一起，但是她的抑郁症却越来越严重，今年过完年后，她的父母把她送到了挪威的疗养院静养。"

"一个有抑郁症的女生怎么能被送到疗养院呢？她会更孤单的……"苏熠喃喃着。安妮那张时而柔弱时而凌厉时而冷笑的脸出现在她的眼前，她竟然有些心疼她。

"这是医生的建议，她的病情很严重，必须接受心理医生的专业单治疗，而挪威的疗养院各方面的条件对抑郁症病人都很有利。"顾禹洋有些无奈。

"那这几天你跟顾禹泽消失了是和安妮在一起吗？"

"安妮的妈妈打电话给我和哥哥，说安妮不见了，同时不见的还有她的护照，她告诉我们说安妮已经回国了，拜托我们帮忙找，她马上搭乘飞机回来。我和哥哥找遍了这个城市也没有找到安妮，后来我们接到她的电话，她说她在海南。于是我跟哥哥去了海南……"

"为什么是在海南？"

"我们曾经说过，要过一个温暖的圣诞节，所以安妮跑去了海南。"顾禹洋的眉头蹙起。他闭上了眼睛，似乎在稳定自己的情绪。

"我一直打电话找你。"苏熠想起这几天她每天都像个疯子一样找顾禹洋的情形，一阵委屈又从心里油然而起，心也跟着痛起来。

"圣诞节以后，我告诉了安妮有关你的事情，我觉得我们都应该有自己的生活。可安妮还是失控了，她摔坏了我和哥哥的手机，不准我们跟你联系。"

顾禹洋看着苏熠，脸上是无尽的歉意："对不起，我知道你回来以后没有看见我会很着急地找我，所以我尽量说服安妮一起回来了，她的妈妈在这里等着我们。可是刚一下飞机，安妮就一个人跑了，我跟在后面追，然后就看到了今天在校门口发生的事情。

"我知道你当时一定很委屈很痛，我不是不理你了，安妮是一个病人，我必须马上带她回去见她的妈妈。"

苏熠的眼泪又流出来了，并且有些惊慌。他们的生活里突然出现了安妮，她不知道该怎么办。

"回去的时候我跟安妮好好地谈了一次，她似乎理解我了，说她不会再来找你了，她在这里过完年就回去。"顾禹洋有些轻松地说。

"真的是这样吗？"苏熠的心里还是有些不安，安妮那一巴掌让她感到害怕，她怕她会失去顾禹洋。

"安妮不是喜欢我跟哥哥，她只是习惯拥有我们在她身边。只要我们好好陪着她，好好关心她，她就会想明白的。熠熠，你答应我，不要离开我，我们一起帮助安妮好吗？"最后一句话，顾禹洋几乎是恳求。

　　自从安妮出现以后，他也在害怕，害怕苏熠会离开他。

　　"我们可以吗？"苏熠不确定地问。

　　"可以的。"顾禹洋站到沙发边上，将苏熠拥入了怀里。

最甜蜜温暖的童话
也是最黑暗无奈的迷宫
· PLEASE DON'T LET GO ·
· OF MY HAND ·

最甜蜜温暖的童话
也是最黑暗无奈的迷宫
· PLEASE DON'T LET GO ·
· OF MY HAND ·

· 第七章 ·

恶魔的交换

· PLEASE DON'T LET GO OF MY HAND ·

[01]

苏熠混在人群里走在去教学楼的路上，周围不时有人用怪异的眼神打量着她，昨天的事情发生以后，法语系那个跳芭蕾舞的女生在校门口被一个女生打了一巴掌的消息已经在校园里传开了，而学生们对这些事情总是津津乐道。

"熠熠，你还好吧？"阮恩恩气喘吁吁地跑到她旁边，一个劲地抚着胸口，看来她是一路追上来的。

"挺好的呀。"苏熠勉强挤出了一个笑脸。

"昨天刚好我不在场，要是我在的话，一定回抽她一巴掌。"看着苏熠还有些肿的脸，阮恩恩生气地说道。

"我已经没事了，安妮她是一个病人，我们要好好关心她才是。"苏熠劝说阮恩恩。

"禹泽昨天把安妮的事情都告诉我了，熠熠，你要怎么办？"阮恩恩担心地拉着苏熠的手臂。

"我跟顾禹洋会在一起的。"苏熠说这句话的时候，眼睛里闪着坚毅的光，尽管她的心里还是如此惶恐不安。她只是想让阮恩恩放心。

"我真担心你会放弃，不过听你这么说，我就放心了。熠熠，你一定要坚强。"阮恩恩终于笑了。

"嗯。"苏熠点头。是呀，她要坚强，相比较而言，顾禹洋面对的压力比她更大，她一定要好好的。

"熠熠，接下来的半个月就没有什么课了，基本上都是期末考试，我们可以一起去图书馆看书。"阮恩恩挽着苏熠的手，一边走一边计划着这个学期剩下的十多天的安排。

"嗯……"苏熠回答得有些漫不经心，她的思绪已经飘远了，他们真的能够帮助安妮走出来吗？

整整一天，苏熠的心都乱糟糟的，下午没课的时候她跟阮恩恩说她想回去休息，然后就独自一人去了小树林，她想去那里待一会儿。

那是她和顾禹洋的秘密花园，只要待在那里，她就会觉得特别安心。

苏熠拿着手机想要录下这里冬天的场景。

自从顾禹洋教她摄影以后，她就喜欢上了这件能发现周围的美的事情。

就在苏熠拿着手机在草地上拍高高的天空的时候，她听到了说话声，是顾禹洋的。

她惊喜地转过头，正要开口喊顾禹洋的名字，却在顾禹洋的身后发现了安妮，他们一前一后，两只手紧紧地握在一起。安妮脸上的表情有着平静的美好，一点也看不出是一个失控起来会打人巴掌的女生。

听到顾禹洋温柔地跟安妮说话的声音，苏熠忽然觉得好疼。而且顾禹洋说过，这里只是他们两个人的秘密花园，他现在带着安妮过来了，这算是怎么回事……

苏熠愤怒而窘迫，她想要跑到树林里躲起来，但是已经来不及了，顾禹洋已经看到了她。

"熠熠，你也在这里。"顾禹洋走到苏熠面前，这个时候他都没有松开安妮的手。

苏熠低头看着他们握在一起的手，觉得自己倒像是这里突然出现的闯入者。

安妮没有跟苏熠说话，看她的眼神带着攻击性，但是好在她的情绪是稳定的。苏熠尽量让自己的笑容看起来自然而亲切。

"嗯，下课过来拍一点东西，不过已经拍完了，现在我要回去复习了。"她觉得空气里的氧气越来越少，她有些呼吸困难。

"就走吗？安妮想找个地方透透气，我觉得这里空气好，所以就带她过来了，我们一起吧，然后去吃饭。"顾禹洋拉着苏熠的手臂说道。

这里的空气好吗？为什么她一点都不觉得……

"不，不用了，你跟安妮一起吃饭吧，我还有很多书要看，我先回去了。"苏熠说完转身就走。

顾禹洋终于松开了安妮，跑了两步，上前拉住苏熠的手，有些担心地说："熠熠……"

"我没事。"苏熠努力地笑了笑。

顾禹洋正要再说些什么，苏熠口袋里的手机响了，她看了顾禹洋一眼，顾禹洋松开了抓住她的手。

"喂。"

"熠熠，你在哪里？"是阮恩恩。

"怎么了？"

"不是说好了一起的吗？你怎么一个人跑了？我在陶艺室，你快点过来。"阮恩恩机关枪似的快速地说道。

"怎么了？"顾禹洋看着苏熠的眼睛。

"阮恩恩找我……"苏熠的话刚说到一半，就看到了顾禹洋后面的安妮一直盯着她看的眼睛，她没有将话再继续下去，直接对顾禹洋说，"我先走了。"

苏熠简直是落荒而逃，顾禹洋在后面叫她的名字，她觉得那个声音很远很远，在她转身的时候，又看到了安妮嘴角扬起的笑……

苏熠刚一踏进陶艺室，阮恩恩就冲上前，将她带到桌子前，有些得意地说："熠熠，你看，这个是我做的。"

苏熠看到那个形状有点奇怪的陶盆，突然想起这还是上次她陪阮恩恩来要那件获奖陶器的碎片的时候阮恩恩做的，那时她还没去莫斯科，安妮还没有出现，一切都还很平静。

"啊，这个陶盆还是逃脱不了歪七扭八的悲惨命运啊。"苏熠调侃阮恩恩的技术。

"熠熠，你太不给面子了，好歹这也是我做成了型的处女作！"阮恩恩一边翻来覆去地看着那个陶盆，一边向苏熠抗议。

"这个陶盆的造型很有达利的风格，很艺术。"顾禹泽看着阮恩恩手中的陶盆，温和地说。他的脸上还有未褪尽的疲惫。

他将泡好的红茶递给苏熠，当目光掠过苏熠还有些肿的脸的时候，突然顿住了，眼神中有一丝疼惜："苏熠，脸还疼吗？"

"不疼了。"苏熠朝顾禹泽笑了笑。

"怎么会不疼？还肿着呢！"阮恩恩放下手中的陶盆，转过身来，激动地看向顾禹泽，"那个安妮下手也太重了！气死我了！"

"以后我和禹洋都会看着她的，你忍一忍，等过完年她回挪威以后就好了。"顾禹泽叹了一口气，温柔的语气中带着一丝无奈。

"我也会保护你的，保证不会让她再有机会对你下手！"阮恩恩拍着胸脯，一脸的严肃。

苏熠忍不住笑了。

[02]

门铃声打断了三个人的谈话，顾禹泽打开门，安妮笑眯眯地看着他。

"禹泽哥，你都不陪我玩，所以我只好来找你了。"安妮挽着顾禹泽的手往里面走，亲昵的语气里带着一丝嗔怪。

"禹洋今天不是一直陪着你嘛。"顾禹泽和顾禹洋一样，对安妮态度宠溺又小心。

"就不能像以前那样三个人天天在一起吗？"安妮的眼睛一直打量着周围，看到坐在桌边的苏熠，显然有些惊讶。

苏熠尽量在脸上堆起笑容，阮恩恩看着苏熠的举动，气得直跺脚，朝安妮冷冷地回瞪过去。

"她是谁，禹泽哥？"安妮指着阮恩恩问顾禹泽。

"我是顾禹泽的女朋友，阮恩恩！"当看到安妮挽着顾禹泽的手叫"禹泽哥"的时候，阮恩恩再也忍不住地说道。

"禹泽哥，是真的？"安妮没有理会阮恩恩，而是转身问顾禹泽。

"是的。"顾禹泽点头。

得到答案以后，安妮再一次看向苏熠和阮恩恩，然后淡淡地说了一句："禹泽哥和禹洋的女朋友真漂亮。"

什么？漂亮！苏熠和阮恩恩被安妮的话惊得一愣一愣的，这个安妮看似毫无攻击性，但一句赞叹的话却让她们两个汗毛直竖。

"安妮，禹洋呢？"顾禹泽问。

苏熠也看向了她，之前他们两个一起在小树林的。

"他去帮我吃蛋糕了，一会儿就过来。禹泽哥，你的那些宝贝呢？让我看看我在挪威这段时间你有没有偷懒！"安妮嘟着嘴凑到顾禹泽旁边，轻轻扯着他衬衫的下摆。

"都在储藏室，你自己去看吧。"顾禹泽左手指着旁边的一张小门。

看到安妮进了储藏室，苏熠舒了一口气。

"恩恩，你刚刚的举动真把我吓到了，我就怕你会跟安妮起冲突。"苏熠压低声音对因为生气脸涨得通红的阮恩恩说。

"哼，要不是因为禹泽，我才不怕她呢，我一定扇她一个耳光给你报仇！"听到阮恩恩这么说，顾禹泽脸上的歉意更加深了。

"算了，她是病人，我们还是回去吧。"苏熠拉着阮恩恩的手说道。

"熠熠，你就那么怕她？"

"不是怕，我怕你跟安妮起冲突，这样对她的病不好。"

"不会，为了禹泽，我也会忍着的。"

"恩恩，谢谢你。"顾禹泽拉着阮恩恩的手臂，看着她的脸，"但是，我也希望你跟苏熠能好好地跟安妮相处。这样，我们才能够帮助到她。"

"嗯！"看着顾禹泽，阮恩恩笑了，使劲地点点头，拿起一块曲奇饼干放进嘴里。

"你们都在这儿！"顾禹洋推门进来，看到苏熠、阮恩恩还有顾禹泽，有些惊讶。

"顾禹洋！"看到顾禹洋，阮恩恩第一个站起身来，走到他面前，"你给我听好了，你要是再让熠熠受半点委屈，我管你这张脸有多好看，到时候一定给你扇成猪头！"

"阮恩恩姑奶奶，借我一百个胆我也不敢再让熠熠受半点委屈呀，你就放心吧。"顾禹洋求饶。可是一看到苏熠那张有些肿的脸，他的神情又变得有些暗淡。

其实他们都清楚，在这个时候，他们都只是在强颜欢笑而已，而对方的样子在自己的眼里看来，却无法不让人心里发痛。

这时，储藏室的门开了，所有人的视线都集中在了门上，安妮从里面走出来，神色有些异样。她径直走到顾禹洋的面前，说："禹洋，我想回去了。"

"就回去吗？"顾禹洋的声音软下来。

苏熠垂下了眼睑，不去看他们。

"可是……"顾禹洋看向苏熠。

"没关系，你们在这里玩，我一个人回去可以的。"安妮安抚着顾禹洋。

苏熠带着不可置信的眼神看向安妮，说这句话的人，真的是安妮吗？

有着同样表情的人还有顾禹洋、顾禹泽和阮恩恩。

"真的没事？"顾禹洋有些欣喜。

"嗯，我先走了哦，禹泽哥，拜拜！"说着，安妮朝顾禹泽笑了笑。

门关上以后，顾禹洋高兴地走到苏熠身边说："熠熠，情况真的有所好转，我就说安妮在挪威待了一年，是能见到一些效果的。"

"嗯！"阮恩恩附和着点头。

苏熠稍稍地舒了一口气，点了点头，只有顾禹泽表情凝重。

[03]

苏熠待在家里，坐在房间的飘窗上看法语语法课本。房间里开了空调，暖暖的。

飘窗被苏熠铺上了一张黄色的毛茸茸的毯子，坐在这里看书非常舒服。

可是她将书捧在手里，却一个单词也没有看进去，满脑子全是顾禹洋拉着安妮的手站在她面前的画面。

还有安妮的笑容和安妮的话，那个让人捉摸不透的安妮总是不断地刺激着她的神经，让她无法静下心来。

她忽然想到外面去透透气，所以合上书，穿上外套，换好鞋去开门。

门打开的时候，她却被一抹红色怔住了。就在门把上，插着一枝玫瑰，娇艳欲滴。

苏熠将花拿在手里，笑了笑，说道："怪不得我这么想出来，原来是你在叫我。"

不过随即她又陷入了思索中，这花会是谁送的？顾禹洋吗？她摇了摇头，顾禹洋两个小时前刚从这里回去，她一直将他送到电梯口的。

"花是禹洋送的，他在门外坐了很久，刚刚离开。"一个声音突然传进苏熠的耳朵里，她抬起头来，就看到了安妮。

"我找你有事！"也不管苏熠有多么惊讶，安妮越过她，就走了进去。

苏熠拿着花看了看，然后转身进去，将门关上了。

"你找我有什么事情？"苏熠看着径自走到客厅中间的安妮问道。

她对她始终存有戒心，无法喜欢起来。

"我要你离开顾禹洋。"安妮直直地看向苏熠，神情是苏熠厌恶的胸有成竹。

"我不会离开他的。"苏熠坚定地说。

"你会的。"安妮还是笑。

苏熠看着安妮，没有出声。

安妮从包里面拿出了一个报纸包的纸包，打开放在了茶几上。

而那纸上的东西，苏熠一眼就能认出来，是上次被她和阮恩恩不小心打碎的那件陶器。

"你什么意思？"苏熠走上前去，看着那些碎片对安妮。

"我想你也不想看到禹泽哥和阮恩恩分手吧。"安妮轻笑着。

若不是她那次去陶艺室看见顾禹泽喝醉了对着这堆碎片喃喃自语地念着苏熠的名字，她也不会发现这个秘密。

苏熠愣在原地，眼泪在眼眶里打转。

怎么可能呢？事情怎么会是这样？

她原以为，她要面对的只有安妮一个人，可是，现在事情却完全不是这样的。

安妮怎么会知道这个秘密的？她要怎么办才好？

"你会保守秘密吗？"苏熠眼神空洞地问。

"如果你答应离开禹洋的话，我会的。"安妮直白地回答了她。

"好，那我答应你。"苏熠闭着眼睛，两行眼泪无声地从她的眼角滑落。

安妮笑了一下，收拾好纸包，"啪"的一声关上门离开了。

整间公寓又一次回归寂静。

苏熠瘫倒在沙发上，在一切还显得无忧无虑的时候，顾禹泽就像刮过的一阵风一样，小心翼翼地掠过她的世界，然后又停留在需要他的阮恩恩的身边。

原来顾禹泽喜欢她，到现在她才真正理解了顾禹泽看她的每一个眼神里所包含的意思。

是啊，那是喜欢，深深的喜欢，也是因为这样，所以就连掩藏，也是掩藏得极深的。

她拿起茶几上那枝娇艳的玫瑰，心被紧紧地揪着。

她要怎么跟顾禹洋说分手呢？他们两个都在极力维持的关系，原本已经有些破碎的关系，她怎么忍心再去亲自摔碎？

突然，电话在地毯上振动起来，跟着音乐的铃声也响起来，来电显示的是陈琳琳的号码，她高中最好的朋友。

苏熠忍住内心的痛苦，尽量用轻松的语气接听电话。

"喂，琳琳！"

"熠熠，你还好吧？"但是电话那头陈琳琳的问候却不是平常那种雀跃的口吻，她的声音有些犹疑。

"我很好啊，怎么了？"苏熠听出了一些不对劲。

"你还不知道吗？"那个声音还是小心翼翼的。

"什么？"苏熠一头雾水。

"许弋去了丽江，下午三点多钟的时候，旅游车冲出环山公路的护栏，发生了车祸。"

"什么！"苏熠手里的花掉了，从她的身上掉到了地上，一片花瓣脱离花托掉了下来。她的脑袋一片空白，无法思考。

"熠熠，你别着急，许弋的情况怎么样我也不知道，我是刚刚从电视新闻上看到的。熠熠，你走了以后许弋一直都很想你，常常跟我说起你。他从昆明坐上去丽江的车的时候，还给我打了一个电话，所以我想他应该是在出事的那趟车上，因为时间很吻合，不过我现在联系不到他。熠熠，我们是在昆明遇到他的……"

陈琳琳后面还说了什么，苏熠已经听不见了，她将电话扔到地毯上，飞快地拿出她那个大大的背包，胡乱地往里面塞了几件衣服和一些洗漱用品。整个过程，她的手一直都抖得很厉害。

苏熠马不停蹄地跑到了肖远的公寓，使劲地敲门，肖远开门的时候看到她的样子，着实被吓了一跳。

"熠熠，你怎么了，还背了一个这么大的背包？"肖远拉着苏熠问。

"肖远，你有多少钱，全部给我！"苏熠急促地说。坐飞机的话一定要很多钱的，可是已经到期末了，她的卡上根本就没有那么多钱。

可是肖远不同，无论什么时候他身上总有很多钱。

"熠熠，你要打劫呀。"肖远打趣。

"我没有时间跟你开玩笑了，你有多少钱，快点拿给我。"苏熠的声音焦急不已，一直强忍的眼泪也在眼眶里打转。她现在心急如焚，满脑子都想象着许弋出车祸时的样子，每当想到全身鲜血的他，她就浑身战栗。

肖远被苏熠吓得二话没说就从房间的抽屉里拿出一张卡，递给苏熠："都在这里面了，密码是你和我的生日。"

苏熠接过卡，转身就要去开门。肖远拉住了她："熠熠，你是要去哪里？出什么事情了？顾禹洋知道吗？"

"我要去丽江，你帮我向系里面请一个星期假。"苏熠说道。

"不是要期末考试了吗，你去丽江做什么？我用什么理由帮你请一个星期的假呀！"肖远担心地看着苏熠。

"我会在考试前赶回来的。"苏熠甩开肖远的手跑出去了，请假的事情肖远一定有办法办到的，她现在要去丽江，她要去找许弋，她怕她不去就再也见不到他了。

[04]

赶到机场后，苏熠出示身份证，用肖远的卡买了机票，就连她自己也不知道她是如何在机场等候了两个小时，然后是怎么听着广播的声音，随着人群登上飞机的。

整个航程是两个半小时。

苏熠将头靠在椅背上，看在窗外，其实窗外除了一片漆黑什么也没有。

许弋的脸又浮现在她的眼前，她想起了她第一次见许弋的场景，还有他们生活中的点点滴滴，虽然她已经不是那个天天跟在他后面的小女生了，但那是她喜欢了三年的人啊！

现在，她只想尽快赶到丽江去看看他怎么样了。

飞机遇到了气流，颠簸了几下，苏熠觉得自己在不断下沉、下沉、下沉。

去莫斯科的时候，飞机进入到俄罗斯以后也遇到过这样的情况，当时她害怕极了，她害怕她会跟着飞机一起从一万英尺的高空坠落下去……现在，她却想到了许弋出事的时候，一定也是随着车不断地翻转翻转……她的思绪跟着一起翻转，脑子里全是许弋血肉模糊的样子……

飞机到昆明的时候，已经是深夜了，她打车去了她第一次来昆明时住的酒店。

到了酒店，她想给顾禹洋打个电话，可是翻了半天也没有找到，最后她想起手机被她扔在飘窗的地毯上了。

没有手机，她发现自己竟然连顾禹洋的号码也不记得，他会不会也像她找他一样，疯狂地找？想到这里，她竟然小期待，她希望顾禹洋会满世界地找她。

但是随即她又独自摇摇头，他还在坚持的时候，她却已经决定要离开他了，她的心像是被针扎了一样疼起来。

没有手机，同样也联系不到许弋。

苏熠躺到床上，云南卫视的新闻里面正好在播放丽江发生事故的新闻。

画面里首先是车祸现场的录像，旅游车底朝天翻倒在山坡上，窗户的玻璃是碎的，枯黄的植物上面还有斑斑的血迹，是一场很严重的事故……

接着画面切换到躺在医院病床上的车祸事故中受伤的游客，他们的脸上、手上、腿上都绑了绷带，分不清楚谁是谁。

现场的记者用激动的声音播报着这次事故死亡和受伤的人数。

苏熠拿起遥控关掉了电视，躺在床上用被子蒙着头。

在没有找到许弋之前，她不想再看这些会扰乱她的情绪的新闻了。

第二天，苏熠早早地就起来了，背着书包去了车站。

一路上，她戴着耳机靠在椅子上，睡了又醒，醒了又睡。她上一次坐在车里的时候，却是兴奋得一路上都趴在车窗上看外面呼啸而过的风景。

再一次醒过来的时候，车已经到站了。

苏熠背着背包跑下车，一下车就被阳光刺痛了眼睛，C城被白雪覆盖的时候，丽江却是阳光明媚，这里的气温有10℃以上，苏熠穿着厚厚的羽绒服，系着围巾，竟有些热。

她没有跟着同车的旅客一起走进丽江无限美好的风光中，而是打车直奔丽江市人民医院。

越是接近医院，苏熠的心跳得越快。许弋，我来了，你还好吗？

下了车以后，苏熠飞快地跑进了医院的大厅，她直奔住院部，通过昨天的那段新闻，她已经得知了事故受伤人员所住的病房。

她跑上去一间病房一间病房地查看着，病房里的人看着她那焦急匆忙的样子，一点也没有感到奇怪。

也许事故发生以后，像她这样惊慌地跑进去，然后又失落地跑出去的人实在是太多了。

所有住着事故伤员的病房都找遍了，她却没有看到哪怕是满身都缠着绷带的许弋。

苏熠的心脏在走出最后一间病房的时候几乎都要因为衰竭而停止跳动了。

她强撑着走到医院的前台，用颤颤巍巍的声音对护士说她要在昨天车祸事故中的死亡名单中找一个人，叫许弋。

她竭力地控制着自己的情绪，紧紧地握着拳头等待着护士的答案。

"小姐，名单里没有叫许弋的人。"护士的声音像是冥界判官的声音一样远远地传进苏熠的耳朵里，她禁不住浑身发抖，至少许弋还活着。

"麻烦你再帮我查一下住院的人里面是否有他。"苏熠再一次诚恳地说，又是一阵等待。

"住院部没有叫许弋的人。"护士查完记录以后，抬头看着苏熠说道。

"昨天车祸的人都住在这个医院吗？"苏熠再一次问，许弋不在这里，那他去了哪里？

"有几个情况非常严重的伤者被直接送到昆明第一附属医院去了，你可以去那里看看。"护士看着苏熠，和善的脸上表情有些沉重。

"哦……谢谢……"苏熠轻轻地应道，然后转身离开了咨询台。

情况非常严重的伤者被直接送到昆明第一附属医院去

了……那是有多严重呢？刚才她还看到了全身都被绑着绷带的人，那个还不算严重吗……

苏熠的脚像是灌了铅一样，让她举步维艰。

突然，一个声音远远地传来——

"熠熠……"

她回头看了一下，没有人，她摇了摇头，自己产生幻觉了吗？

可是那个声音又传过来了——

"熠熠！"

是真的有人在叫她，而且那个声音是如此熟悉，她回过头来，朝前看，站在她面前的是许弋。

没错，是许弋，那张脸她不可能不记得。

"熠熠，你怎么会在这里？"许弋的脸上满是惊喜。

看到许弋的那一刹那，苏熠觉得身体里在这一天一夜里一直支撑着她的某样东西轰然崩塌了，她觉得身体里面的最后一点力气也用完了，整个人轻飘飘的，而且不受控制地摇晃着。

"熠熠！"

迷糊中，她听到许弋喊她的声音，她倒在了一个怀抱里，随后就什么也看不到什么也听不到了。

蒙眬中，苏熠感觉自己被淹没在深海里不断地下沉，眼睛怎么也睁不开。她想要大声呼喊，可是张大的嘴竟然发不出任何声音……远远地，她听到有人在叫她的名字。

[05]

"熠熠，熠熠……"

"顾禹洋，顾禹洋，我在这里……"突然，声音冲破所有阻力从她的喉咙里迸发出来，她奋力地伸出手去，那个声音却还是在不断地喊她的名字。

"熠熠，熠熠……"一阵轻轻的摇晃驱赶走了那些压在她身上的东西，她努力地睁开沉沉的眼皮，在她的眼前，出现了一张模糊的脸。

渐渐地，她看清楚那张脸了，她喃喃地喊："许弋……"

"熠熠，你醒醒，你刚才做梦了。"许弋抚摸着她汗涔涔的额头。

"这是哪里？"苏熠睁着一双迷茫的眼睛看着周围一片雪白的颜色。

"医院，你昏倒了，已经睡了十多个小时了，医生说你太累了，需要好好休息。"许弋心疼地说。

"昏倒……"苏熠喃喃着。是呀，她在医院看到许弋，然后就什么也不知道了。

她看着许弋，像是想起来什么似的，眼睛突然变亮了，她担忧地问："你没事吧？"

"你是因为车祸跑到丽江来的？"许弋担心的脸上出现

了一丝惊讶。

"陈琳琳告诉我说你出事了。"苏熠说。

从得知他出事的那一刻起，她的神经就绷得像一根弦一样，马不停蹄地跑到这里来。

"我没事，真是万幸。"许弋微笑着，"我坐的那辆车确实发生事故了，从环山公路的护栏冲了出去。当时我也以为自己就要死了，慌乱中拨了你的电话，但是只响了几声手机就被甩出去了……不过好在我压在了因为断裂而倒下来的椅子下面，身体卡在柔软的椅垫里，所以没有事情。"

许弋想着昨天他经历的那些，眉头紧蹙，那个场面真的很可怕。

随后，他看着苏熠，动情地说："我给陈琳琳打电话说我没事，她告诉我她跟你说了，我打你的电话，没有人接，没想到你跑到这里来了。"

"那你今天怎么会出现在医院里面，是不是……"苏熠的心"咯噔"一下，直直地看着他的眼睛。

"我没事，你不要担心。只是昨天伤者太多，我被救出来之后，加入到救援行列了。之后因为很多伤者的家属还没有赶到，我就留下来照顾他们，一直到下午才准备离开，没想到却在大厅见到了你。"

许弋看苏熠的眼睛亮晶晶的，他柔声说道："熠熠，出事的时候我以为我会死，我以为我再也见不到你了。"

"你没事就好。"苏熠也如释重负地对他说道。

"熠熠……"许弋拉住苏熠的手。苏熠挣扎了一下，却被他紧紧地握住了，他看苏熠的眼睛里面闪着灼热的光，"我不知道是不是还来得及……我们在一起好吗？"

苏熠的眼睛瞪得大大的，张着嘴，却说不出话来。

这个她一直追着跑的人，现在终于转过身来看见她的存在了，还跟她说要在一起……

她是不是应该高兴，应该雀跃……可是为什么，这句她曾经日夜幻想着听到的话，这时在她的心里却像是一片树叶掉落到了水面上，只泛起一点点细微的涟漪，而就连这一点点涟漪也只是让她觉得世事无常，而感觉不到铺天盖地的幸福呢？

"熠熠……"许弋看着她出神的眼睛，轻轻地唤她的名字，眼里有一闪而过的害怕。

"许弋……"苏熠看着这个她曾经喜欢了很久很久的人，忽然发现他貌似不再是自己脑海中一直思念的那个人，他的样子已经渐渐模糊换成了另一个人的模样。

"熠熠，你走以后我才发现你真的离开我了，我每天都会想你，想你静静地听我说话的样子，想你找各种借口留在我身边的情形……可是你已经不再经常给我发微信了，也不喜欢找我聊天了……我想来丽江看看，看看我们当初相遇的地方。现在我突然有些庆幸我上了那辆车，因为命运又安排我见到了你，我发现你还是如此地关心我。"

许弋看着苏熠的眼睛，深情地说着苏熠离开以后他的挣扎和痛苦。

"许弋……我们……我……"听着许弋说的这些话，苏熠不知道要怎样面对，她要怎样和他说他慢了一拍喜欢上她，而她又快了一拍喜欢上了别人呢？

"熠熠，你跑到这里来请假了吗？"像是害怕什么似的，许弋打断了苏熠的话。

"请了一个星期的假。"苏熠像是获救了一样，松了一口气。而她的这个细小的动作被许弋捕捉到了，他的眼睛里闪过一丝黯然。

"要期末考试了，复习时间紧吗？"他刻意聊些轻松的话题。

"还好，平时都及时在图书馆复习功课了，应付考试还可以。"苏熠也故作轻松，心里却是一阵悲凉，再一次见到许弋，他们之间的谈话竟然需要刻意找话题了。

"这样的话，明天陪我在古城待一天，然后再回学校好吗？"许弋试探着问。

"好。"苏熠点头，"我可以用你的手机登录下QQ吗？"

她想给顾禹洋留言，说她在丽江，后天回去，要他不要担心。

不管怎么样，她还是不想要顾禹洋满世界找她，那种无助的感觉她已经体会过了，就像被关在漆黑的地狱，伸手不见五指。

"手机没电了，我先去充电，你急吗？"许弋问道。

"没事，不着急。"苏熠摇摇头。

"你再睡一会儿吧，天就快亮了。睡醒后手机也充好电了。"许弋伸手抚了抚她的头发，将被子往上拉了拉，"睡吧，我在这里陪着你。"

苏熠闭上了眼睛，许弋坐在病床前，借着床头微弱的灯光久久地看着苏熠的脸，十分钟，二十分钟，好像他要在这短短的几十分钟时间里将这张美丽的脸一点一点地刻进自己的脑海里，让自己一辈子都不会忘记。

时间过了很久很久以后，他用手抚摸着苏熠的脸，说："熠熠，不知不觉你已经长大了，我一直不曾想过有一天我会失去你，我以为在所有人之前在你的心里占了一个位置，可是我没想到有人竟然偷偷地占了我的位置。"

其实苏熠一直没有睡着，许弋说的每一个字她都听到了，但是她没有睁开眼睛。

她从未想过她跟许弋会是这样的结局，如果她没有离开过许弋，她也许永远会是追在他后面跑的那个女生吧，那样的话她也不会遇到顾禹洋。

如果不是这一趟跑过来，她也永远都不能确定，她是真的已经将许弋从她的心里移开了。

爱情就是这样，它总是在不经意的时候出现，如果你没有抓住，它是会自己跑开的。

可是为什么她放开了许弋以后，却还要放开顾禹洋呢？

她开始想念顾禹洋了。

[06]

第二天，丽江依旧阳光灿烂，也许因为这里是朝圣者的天堂，所以就连这里的蓝天都比别的地方蓝得更纯粹。

苏熠看着眼前白墙青瓦的明清建筑，小桥流水的高原水乡，浓郁的纳西族风情，还有这如同油画般湛蓝的天空，想起了那个还被冰雪包裹着的地方，仅仅两天，她就已经身在彩云之南的丽江了，仿佛她是穿越了时空而来。

她和许弋心里都明白，今天过后，他们之间就真的只是朋友了。

虽然心里有隐隐的伤感，但是他们谁都没有表现出来。

他们那些破碎而有着淡淡酸甜的过去要用今天来终结，那么就放开一切好好享受这最后的一天吧。

"这个水车还是跟以前一样，一点变化也没有。"进入古城，苏熠看到古城口的水车就大声喊着跑了过去，随后她转过头，一脸认真地问许弋，"你知道在错综复杂的古城顺利找到出口的规律吗？"

"不知道。"阳光下，许弋笑着摇头。

"顺水进城，逆水出城。大水车是古城的入口，进入古城的水流也是从这里进入古城的。"苏熠一脸得意。

"哇，你真聪明，那今天你就做我的导游吧。"许弋一脸吃惊的样子。

苏熠的表情却呆住了，三年前，她跟着许弋的旅行团进入丽江古城的时候，也是这样问许弋的，而当时他也是这么回答的，说的话一样，脸上的表情也一样。

其实那时她只是想在他面前表现，因为她之前来的时候导游就解说过了。

她看着许弋脸上的笑，泛着不易察觉的苦涩，那张脸已经成熟了很多，而他们之间也改变了很多。

她想起了纳兰性德在《木兰辞·拟古决绝词柬友》中的句子：人生若只如初见，何事秋风悲画扇。

他们刚刚相识的时候，是那样温馨、深情和快乐。现在同样的地方、同样的人、同样的话，还有同样的表情，却让人感到无限的伤感，就像这明媚的天气里掠过的一丝寒风，吹在脸上有无限的寒意蔓延到全身，一切恍若隔世。

苏熠怕自己的伤感会影响到许弋，立刻有些得意地说："那你就找对人了，丽江古城没有城墙，也没有对称的中轴线，街道的走向更是没有规律可寻，初到古城的人，感觉哪里都一样，如同一个巨大的迷宫，一会儿就找不到方向了。跟我来吧。"

当时她也是这么说的，原原本本，一个字也没有改变，只是往事已成风。

苏熠和许弋进入了四方街，清晨起来她就已经用许弋的手机给顾禹洋留了言后，他们就直奔古城了。许弋说先去吃早饭，苏熠却一直念念不忘四方街的米线。所以，进入四方街以后，她就径直去了那家卖米线的小店。

"哇，还是这样好吃！"苏熠一边大口地吃着米线，一边赞叹。

"慢点吃，小心烫着。"相比以前两个人吵吵闹闹地互相在对方碗里夹米线吃，现在的许弋已经变得沉稳很多了。他冲苏熠笑着，语气里有着若有似无的宠溺。

早上的古城人很少，比较清静，一些画画写生的人也早早地来了，他们大概是想描摹出古城宁静的感觉。

吃完米线从店里出来的时候，古城的游客渐渐多了起来，他们去了挂满红灯笼的酒吧一条街。

"原来白天的酒吧一条街基本上没有什么人，显得很清幽！"苏熠沿着水流跑跑跳跳地走在酒吧一条街的石板路上，时不时地发出一声感叹。许弋跟在她的后面，看着她跳动的身影，脸上时而含笑，时而忧伤。

　　他们走走停停，买了一些东西，也不断地吃了很多东西，再一次回到四方街的中心广场时，这里已经有很多人，变得很热闹了。

　　"那里是在干什么？"苏熠指着人群和喧闹声最集中的地方问道。

　　"是一群纳西族老太太自发地组织在四方街跳传统的舞蹈，每次到尽兴的时候游客也会加入。"许弋告诉苏熠。

　　"那我们也去吧。"苏熠不由分说地拉起许弋的手就朝人群里跑去。

　　苏熠和许弋与其他的游客一起手拉手与纳西族老太太一起欢快地跳起来，一阵接一阵的欢笑声飘荡在古城的上空。

　　一时之间，苏熠忘记了安妮那挑衅的笑，忘记了和许弋重逢带来的伤感，忘记了要和顾禹洋说分手的痛，与来自各地的人伴着这蓝天白云展开了阔别已久的灿烂笑颜。

　　突然，后面的一个游客跳的时候脚崴了一下，失去重心朝苏熠身上倒了过来，但是前面的许弋并没有发觉，继续随着人群拉着苏熠的手往前跳。苏熠来不及跑开，被后面的人扑倒在地上。

　　伴随着苏熠"啊"的一声喊叫，后面的人群也纷纷被绊倒，所有的重量都压在了苏熠的身上，她痛得皱紧了眉头。

"熠熠！"

许弋还拉着苏熠的手，他使出全力分开压在苏熠身上的那个身材魁梧的男人，挪出一点空隙让苏熠站起来。

"许弋……我的脚……"当苏熠正要挪动腿的时候，一阵疼痛从左脚的脚踝处传来，钻心地疼。

"熠熠，你怎么样？快让我看看。"许弋蹲下身去，提起苏熠的牛仔裤，有些紧张。

"好疼，可能崴到了。"苏熠忍痛说道。

"我们去医院。"许弋不由分说地想要抱起苏熠。

"不用了，只是有点崴到了，没有什么大问题，我回去涂点药揉一揉就可以了。"苏熠勉强笑着。

"不行，还是去医院比较好。"许弋担心地说。

"不用，我对脚伤了解得跟医生一样清楚。"苏熠摇头。

她从小就练习芭蕾，崴到脚是经常的事情，受损伤的程度有多大，她自己可以诊断出来，刚才她只是崴到了脚筋，虽然现在一移动就会痛，但是回去涂点红花油，用力地揉几下就会好的，用不着特地去医院。

"对不起，都怪我没注意，不然也不会让你伤到。"许弋有些自责。

"如果你觉得过意不去就请我去吃冰激凌吧！"苏熠不让气氛变得低沉，于是故作轻松。

"好！"许弋也笑了，"你能走吗？"

"应该可以的。"苏熠试着踏出脚步，可是受伤的脚一受力她就疼得龇牙咧嘴的。

许弋在她面前蹲下来，回过头对她说："还是我来背你吧。"

"不用不用，我可以的。"苏熠慌忙拒绝。

"来吧。"许弋催促她。

苏熠犹豫了一下，又试着走了两步，最后只好乖乖地趴到了许弋的背上。

在许弋背上的她想起了那天顾禹洋背着她一路狂跑的情形，突然，她又想顾禹洋了。

[07]

"给你！"许弋在店里买了一个甜筒，上面有一颗大大的蓝莓味的冰激凌球，"你最喜欢的蓝莓味。"

"看上去好好吃。"苏熠高兴地说。

许弋微微偏头看了一下后面的她，开心地笑了。

许弋背着苏熠一边走一边取笑她："这下好了，变成一只跛脚的天鹅了。"

"跛脚的天鹅也是天鹅！"苏熠趴在许弋的背上，一边吃着冰激凌一边笑着。

"那回去以后你跳单脚跳跃的天鹅湖给我看。"

"你竟然趁我脚崴到的时候嘲笑我!"苏熠噘起嘴,拳头像雨点一样落在他的肩膀上。

许弋一边笑着一边求饶。

"看你还敢不敢嘲笑我。"苏熠继续吃着冰激凌,可就在她咬了一口冰激凌准备放下的时候,她的表情僵住了,脸上的笑容消失得无影无踪。

"怎么了?"没有听到苏熠的笑声,许弋微笑着问。

苏熠还是没有出声。

顾禹洋出现在离她不远的地方,眼睛直直地看着她,眼里满是怒意,拳头紧握,像是一头即将爆发的狮子。

许弋也看到了站在他们前面的人,从顾禹洋的眼神里,他隐约地感受到了一些不对劲,于是背着苏熠停了下来。

"放我下来。"苏熠低头对许弋说道。

许弋将她放下来,苏熠拒绝他扶着她。

"禹洋,你怎么来了?"顾禹洋竟然到丽江来找她了。

顾禹洋眼里的愤怒让她感到害怕,刚才她跟许弋打闹的情形他一定看到了吧,而她要怎么跟他解释她为什么会出现在这里,而且是跟许弋一起?

说是因为他出车祸了吗?可是他好好的,比她和他看起来都要好,这样的解释谁会相信?

顾禹洋没有说话，而且一步一步地朝他们走来，他的脸紧绷着，冷冷的，看得她不禁有些战栗。

他在他们面前停下来，看了一眼苏熠，然后将目光看向她身边的许弋，接着又移到苏熠的脸上，冷冷地开口："他是许弋？"

"是……"看着顾禹洋仿佛被冰冻了的脸，苏熠的声音轻轻的，心也猛烈地跳动着。

顾禹洋没有说话，愤怒的眼神变得黯然，他将一张纸甩到苏熠的脸上，然后转身就走。就在他转身离开的时候，那张纸还在苏熠的眼前飞扬。

"顾禹洋！"苏熠想要追上去拉住顾禹洋，可是刚一挪动脚步，她的脚就钻心一样地疼，幸好许弋及时扶住了她。

而顾禹洋也没有回头，一头扎进人群里就消失了。

苏熠呆呆地站在原地，看着眼前不停走动的人群，从脚上传来的疼痛让她蹲下身去，而顾禹洋甩出的那张纸正好飘落在她面前的地上。她拾起那张纸，上面画着一个穿牛仔裤和大大的针织毛衣的女生在吃米线，而那个女生就是她自己。

她想起早上吃米线的时候，一个男生就在离她不远的地方画画，原来那个男生画的就是他们。

许弋把苏熠带到客栈，扶她到床上好好坐着，然后就出去了，再回来的时候手上多了两瓶药。

他脱掉苏熠的鞋袜，把牛仔裤的裤管挽起，露出她雪白的脚，柔声说："可能会有点疼，你忍一下。"

苏熠没有动，她好像根本就没有听到许弋说什么。

许弋看着她，无奈地叹了一口气，把她的脚放在他腿上的垫子上，用棉花蘸了一些药水，涂到她脚上已经肿起来的地方。他犹豫了一下，然后用手掌在上面揉起来。

"啊！"苏熠像是活过来一样，痛苦地喊了一声，吓得许弋立刻止住了手。

"很疼吗？"他柔声问道。

"嗯。"苏熠含着泪点头。

"可是不将淤血揉散就好不了。"许弋有些着急。

"没事，你揉吧，我受得了。"苏熠忍着痛对许弋说道，并且示意他继续。

揉了大概十分钟后，许弋将苏熠的袜子穿上，然后将一个靠垫放在床上，将她的脚在靠垫上放好。

一切都弄好后，他坐在床边的沙发上，用有些低沉的声音问道："他就是顾禹洋吗？"

苏熠点头。

"你喜欢他吗？"

苏熠还是点头。

"晚饭是在店里吃还是出去吃？"

"我吃不下。"

"那在店里吃吧，我叫到房间里来。"说着，许弋就起身出去了。

苏熠躺在床上，发现房顶居然开了天窗，她拉开天窗的帘子，立刻就有一束阳光从天窗射进来。透过这个不大不小的窗子，可以看到纯净的蓝天，美丽的宝蓝色。

看着看着，顾禹洋的脸出现在天空中，带有灿烂的笑容，露出一口洁白的牙齿。他笑着对苏熠说："熠熠，我们一起回去吧。"

苏熠笑着伸出手去，可是那张脸却消失了。

她失落地收回手，顾禹洋已经独自一个人走了，没有带上她。

难道这就是老天爷给她的答案，帮她做的选择吗？

她跟顾禹洋，他们之间真的就这样结束了……

机场。

"熠熠，确定不要我送你过去吗？你的脚……"许弋将手放在苏熠的肩膀上，不放心地看着她。

"昨天被你揉了一下，已经好很多了，况且你不是帮我留言给阮恩恩了吗？她会在那边的机场接我的。"苏熠的笑容有些苦涩。

"熠熠，在我面前你不用故作坚强的，看你这样，我的心里真的很难过。"许弋心疼地对苏熠说。

苏熠挤出一个笑容："我真的没事，你不用担心。"

"到了给我打个电话。"许弋将机票和背包递给苏熠，机票是他坚持要为她买的。

苏熠接过机票，将背包背到背上，最后又看了许弋一眼，然后转身朝检票口走去。

"熠熠……"突然，许弋在后面叫住了她。

苏熠应声回头。

"你来找我我真的很高兴。"许弋看着苏熠的眼睛，他的眼里有异常的光彩闪过，"你对我的感情是喜欢，对顾禹洋的是爱。如果你什么时候想回到我身边了，就来找我，我等着你。"

苏熠看着许弋，强忍着眼泪笑了，然后转过身去。就在她转身的那一瞬间，眼泪大颗大颗地落了下来。

许弋用喜欢和爱区别了她对他和顾禹洋的感情，原来喜欢和爱的差别竟是这样的，前者会让人心痛，后者却会让人心碎。

她对许弋三年的感情，拿回了一张返程的机票，可是她要回到哪里去？

她告别许弋的同时，顾禹洋也离她而去了，她觉得她又变成在爱情迷宫里面流浪的那个女生了。

最甜蜜温暖的童话
也是最黑暗无奈的迷宫
· PLEASE DON'T LET GO ·
· OF MY HAND ·

最甜蜜温暖的童话
也是最黑暗无奈的迷宫
· PLEASE DON'T LET GO ·
· OF MY HAND ·

·第八章·

维利丝的迷宫

[01]

"熠熠，这里！"当苏熠从普通通道走出来的时候，远远地就看见阮恩恩跳起来朝她挥手。

看到阮恩恩的那一刻，苏熠心里堆积的感伤全都迸发了出来，眼泪不停地在眼眶里打转。

这一趟丽江之行，短短三天，却发生了太多的事情，加上从莫斯科回来以后发生的那些事，每一件都让她措手不及，心力交瘁。

阮恩恩一把抱住她说："你都不说一声就跑去丽江了，急死我了。让我看看你的脚。"说着她就要蹲下身去。

苏熠拉住了她。

"你刚才不是已经看到了我走得好好的嘛。"

"一瘸一拐那也叫走得好好的呀。"阮恩恩心疼地说道。

"顾禹洋呢？他不是去丽江找你了吗？他人呢？"阮恩恩朝苏熠身后看了看。

"我们没有一起回来。"苏熠声音低低的。

"怎么了？"阮恩恩看苏熠略显疲惫和憔悴的脸，惊讶地问道。

苏熠低着头没有回答。

"走吧！把背包给我背。"阮恩恩见苏熠的眼眶又红了，就从她身上卸下背包，背到自己背上，然后挽着她走出了机场。

站在机场外面，苏熠不禁打了一个寒噤，她紧了紧衣服，抬头看向天空。灰蒙蒙的天上阴云密布，她回来了，而且她的世界也变成了灰蒙蒙的一片。

"天气预报说会下雪，好不容易才将积雪融化了，又要下雪了。今年下雪的次数比往常多了好多。"阮恩恩看苏熠抬头看着天空，便一边踏上机场大巴一边说道。

苏熠再次看了一眼天空，然后跟在阮恩恩后面上了大巴。

"熠熠，你为什么突然跑到丽江去了呀？"大巴开动的时候，阮恩恩将背包放到腿上问道。

苏熠看着窗外快速后退的建筑，过了很久才说："许弋坐的车发生了车祸，我一着急，就连夜跑过去了。"

"怪不得！我们找不到你，正聚在一起商量你去了哪里的时候，肖远赶过来告诉我们说，你当时一脸惊慌失措的样子找他要钱，说是要去丽江，我们都担心死了。顾禹洋听说了以后，什么都没有拿，就直接坐车到机场去了。"阮恩恩看苏熠的侧脸说道。

听到顾禹洋的名字，一阵钻心的疼痛从苏熠的胸腔蔓延到全身，一直将她的脑袋也麻痹。

见苏熠没有说话，阮恩恩转换了话题："许弋呢？他怎么样了？"

"他很好，没有受伤。"苏熠还是看着窗外，眼睛一眨不眨的。

阮恩恩也没有再说话了，她拉过苏熠的手，紧紧地握在手里。

接下来是紧张的复习和期末考试，顾禹洋没有再来找苏熠，连一通电话都没有。

有一次考《马克思主义理论》的时候，她和顾禹洋在走廊上迎面碰上，顾禹洋看了她一眼，然后便面无表情地走过去了。

就在他们擦肩而过的时候，苏熠的心都碎了，而阮恩恩则一脸惊讶地看着他们，但终究什么也没有问。

除了考试，苏熠也没有再去过学校，每天都待在家里看书，阮恩恩偶尔会陪着她一起。

肖远时不时地会问她跟顾禹洋之间到底发生了什么事情，为什么从丽江回来以后，顾禹洋就像变了一个人一样，变得不爱说话，成天把自己关在寝室里，一点都不像以前的顾禹洋了。

　　每次听到这些的时候，苏熠的心都像被针刺一样痛，但她还是微微笑着摇头，什么也不说。她不会去找顾禹洋解释的，而如果跟顾禹洋解释都不用了，她也不需要别人来理解她。

　　"哇，最后一堂考完了，这十几天炼狱般的生活总算结束了。"交了试卷走出考场以后，阮恩恩一边舒展着身体，一边高兴地说道。

　　苏熠走在她身边，温和地笑了笑。她的笑容依旧恬静，此时更多了些许忧伤。

　　"熠熠，我们走吧！"阮恩恩拉着苏熠的手。

　　"去哪里？我想回家收拾东西，明天我就要跟肖远一起回家了。"她和肖远买了明天早上的机票回家。

　　"就是肖远安排的活动，庆祝我们顺利考完和这一个学期安全通过，走吧走吧！再晚我们连晚饭都赶不上了。"阮恩恩不顾苏熠的挣扎，拉着她就朝地铁站台走去。

　　到了肖远的公寓，按门铃后是米娜开的门，见到阮恩恩和苏熠，她朝里面喊了一声："恩恩和熠熠来了！"

　　但是没有人听得见，整个房间里像是在开 Party 般嘈杂得都要掀翻屋顶了。

　　米娜交代苏熠和阮恩恩随便点，然后就去准备聚会的点心和饮料了。

苏熠一眼就看到了顾禹洋，他和肖远正在那里激烈地玩游戏。

不是说他变得不爱说话，成天把自己关在房间里吗？为什么现在看他却笑得那么开心呢？

苏熠不禁在心里自嘲地笑了一下，听说他不开心她觉得难过，现在看到他好好的却更加难过。就在她抬起头的时候，看到安妮正朝她走过来，她先是一怔，随后表情就恢复了正常，一点也不奇怪，顾禹洋来了的话，安妮肯定也会在的。

"苏熠。"话语里还是不改的傲慢口气，"听说你和禹洋分手了？"

"熠熠！"阮恩恩审视地看着苏熠。

分手？苏熠怔住了，身体也跟着摇晃了一下，她努力使自己平静下来不至于瘫倒下去。

她问安妮："顾禹洋跟你说的？"

"看来是真的。"安妮含着笑转身扬长而去。

苏熠呆立在原地，她一直在想着是不是要跟顾禹洋说一声他们分手，没想到在顾禹洋心里早就已经跟她分手了。

为什么她却感觉不到疼痛和难受？为什么她连自己的心跳也感觉不到……

"熠熠，熠熠……"阮恩恩不断地摇晃着她的手臂，可是苏熠却没有一点反应，她不得不放大了声音，"熠熠，你怎么了？"

"熠熠，你来啦！"阮恩恩的声音很大，肖远发现了她们，站起身来将苏熠拉到客厅中间，准确地说是顾禹洋的面前。

苏熠直直地看着顾禹洋的脸，他好像瘦了，原本深邃有神的眼睛已经深陷下去，头发也有些长了……

顾禹洋也看着她。

一时间谁也没有说话，整个房间里震耳欲聋的游戏打斗声几乎要将人的心脏震碎。

她可以趁这个机会抓住他，跟他解释。

苏熠的嘴唇动了动，终究什么也没有说。

她不能解释，而且他们之间已经不需要解释了。

[02]

突然，顾禹洋拿起外套，在其他人的注视下走出客厅，然后开门出去了。

"禹洋，等等我！"安妮随后跟了出去，"啪"的一声关门的声音震得苏熠狠狠地打了一个寒战。

他竟然这么恨她……

"熠熠……"阮恩恩一直在她身边，眼睛里满是担心的神色。

"嗯？"苏熠表情木然，直直地看着她。

"你还好吧？"阮恩恩的神情显得十分担心。

"我很好！肖远，什么时候可以吃饭？我都快饿死了。"她转身对肖远说。

"熠熠，你还好吧？"肖远也担心地问。

"你哪只眼睛看到我不好了！"苏熠突然朝肖远吼，脸上的表情显得很激动。

"好好，我们开饭吧！"米娜从后面走过来，拉着苏熠的手。

苏熠转身，看到顾禹泽正站在餐桌前看着她，眼神里有欲言又止的忧伤。

苏熠惨淡地笑了一下，坐在餐桌前。

整顿饭苏熠的食欲似乎特别好，她一边吃一边称赞米娜厨艺好，不像她，只会煲汤，还说肖远是上辈子做了好事才遇到米娜这样的女孩；又说阮恩恩和顾禹泽，你们什么时候一起下厨请我们吃饭啊？

她说这些话的时候，其他的人都拿着筷子没有吃，看着苏熠的样子，他们都有说不出的担忧。

饭后，她跟阮恩恩说她想一个人去阳台看夜景，然后也不等阮恩恩回答就独自拉开玻璃门，走上了阳台。

阮恩恩看着苏熠单薄的身影，心里隐隐作痛。

站在窗前，苏熠迎着冷风抬起头，将整张脸露在风中。

从安妮对她说顾禹洋已经跟她分手的时候起，她就听不到自己心跳的声音了，她不知道这颗象征着人类生命迹象的东西是不是还是好的，所以她想让风把自己吹得清醒一点。

　　"苏熠。"一个声音从她的身后响起，苏熠没有回头。

　　那个人站到她的身边，她眼角的余光可以瞟到顾禹泽的侧脸。

　　"肖远为了让你跟顾禹洋和好，特地办了这个庆祝会。"顾禹泽看着苏熠的侧脸。这下，苏熠可以瞟到顾禹泽的整张脸，一张有顾禹洋影子的脸。

　　"看来今晚他很有挫败感。"苏熠仰着脸，闭着眼睛。

　　"苏熠，你不要这样……"顾禹泽的声音沉沉的。

　　苏熠笑了，许弋也说"熠熠，你不要这样"，她都不知道自己现在是什么样。

　　"我们都不知道你和禹洋在丽江发生了什么事情。禹洋以为你是接受不了安妮想要逃避，所以才去丽江的，他说他要把你找回来。后来却是他一个人回来了，整个人都变了一个样。"

　　"熠熠，"顾禹泽转过身来，将苏熠的身体扳过来对着他，"因为安妮，顾禹洋一直不敢谈一场真正的恋爱，但是他喜欢上你了，而且陷得很深很深。安妮出现以后，他每时每刻都在担心你会离开他，所以他很直白地告诉安妮他喜欢你，并且很努力地帮助安妮从抑郁症中走出来。他那么努力地在争取自己的幸福，可是为什么你们却变成这个样子？"

"学长……我跟禹洋已经分手了。"苏熠看着顾禹泽的眼睛，并从顾禹泽的眼里看到了惊讶的神色。

苏熠对顾禹泽笑了一下，转身离开阳台。

"熠熠……"就在苏熠伸手拉门的时候，顾禹泽叫住了她。

苏熠转身看着他。

"不要离开禹洋，你离开的话，他就要永远活在安妮的阴影里了。"

苏熠没有说话，转身拉开了玻璃门。

她不是吉赛尔，即使她愿意整夜不停地舞蹈，也无法将阿尔布雷希特带出维利丝的迷宫。

即使苏熠不愿意，顾禹泽和阮恩恩还是坚持着把她送回了家，并执意要帮她收拾行李，其实他们是在看着她，怕她有事。

"熠熠，你跟顾禹洋真的分手了吗？"阮恩恩一边收拾苏熠的衣柜，一边关心地问。

苏熠清理书本的手顿了一下，轻轻地"嗯"了一声。

"为什么？因为你去找许弋吗？"阮恩恩转身看着苏熠，"你可以跟他解释呀！再不行，要许弋去跟他解释，他会相信你的。"

"阮恩恩，"苏熠看着阮恩恩，"你爱禹泽学长吗？"

“嗯。”阮恩恩点头。

“有多爱呢？”

“嗯……我会为了他放弃一切。”说着，阮恩恩羞涩地转过身去清理衣服。

“恩恩……”苏熠看着阮恩恩的背影。

“嗯？”

“所以，你们要好好的，要幸福。”苏熠动情地说道。

“我也要你幸福。”阮恩恩又停下了，她抱住苏熠，“答应我，你也要幸福好不好？”

苏熠笑了笑，没有回答。

之前她想如果只是因为安妮，她死也会跟顾禹洋把事情解释清楚，争取最后一丝希望的。

可是事情却牵扯到顾禹泽和阮恩恩，还有许弋的误会，她无法面面俱到地解决所有的事情。

阮恩恩不放心苏熠一人睡，所以坚持要留下来陪她。

顾禹泽离开后，苏熠就进浴室先去洗澡了。

这时，苏熠的手机响了，是一个陌生号码。

阮恩恩犹豫了一下，接听了电话。

“是我，安妮。”安妮的声音带着得意，“你放心，确定你和禹洋分手后我也会遵守诺言，我保证阮恩恩绝对不会从我这里知道禹泽哥喜欢你的事情。”

"你说什么？"阮恩恩颤抖着尖叫。

"你是谁？你不是苏熠……"安妮也明细愣了一下。

"你再说一遍？禹泽喜欢熠熠？"阮恩恩的声音抖得厉害，她不敢相信这是真的。

电话那头的安妮忽然挂断电话。

阮恩恩拉开门跑了出去。

等苏熠从浴室出来的时候，发现阮恩恩不见了，她的手机被扔在地上。

她捡起手机，看到通话记录里的陌生号码，突然有种不祥的预感！

苏熠颤抖着拨通那个陌生号码。

对方很久才接听电话："你不要问我，我什么都不知道。"

"安妮？"苏熠试探性地问。

"苏熠？"安妮在电话那头沉默了一下说，"我想，阮恩恩很快会跑来找我，对不起，我没想到她会接听电话。"

"你说什么？"苏熠的声音都在颤抖。

"她都知道了。"说完，安妮挂断了电话。

怎么办？怎么办？苏熠抑制不住浑身发抖，阮恩恩知道了一切会怎样？她不敢想象！

对了，对了，打给顾禹泽，告诉他如果恩恩找他对质，他一定不能承认！

"喂，禹泽学长"电话接通后苏熠急急地说，"恩恩跑掉了，如果她去找你，你一定要稳住她！"

"什么？"顾禹泽皱眉，又发生什么事情了？

"如果……我说如果……"苏熠咬了咬唇，将安妮发现了瓷器后面的秘密，以及自己答应安妮离开顾禹洋，她就永远保守这个秘密的事情全部说了出来。

顾禹泽在电话那头沉默着。

"但是，刚刚我在洗澡的时候，安妮打电话过来，恩恩接了电话，她知道了一切……"

电话那头依旧沉默着。

"禹泽学长，你在听吗？"苏熠着急地问。

"她来了。"顾禹泽看着面前双眼通红的阮恩恩，挂断了电话。

[03]

苏熠颓然地瘫坐在地上，几天时间，她已经失去了许弋、失去了顾禹洋，现在难道也要让她失去生命中最好的朋友吗？

C城冬天的夜晚特别冷，苏熠坐在冰冷的夜里，感觉自己的身体被一点点抽空……

现在，她连哭的力气都没有了，只是呆呆地坐在地毯上，在黑夜中等待宣判。

不知道过了多久，门铃急促地想起来了。

苏熠迷迷糊糊地走到门口的可视门铃旁，看到阮恩恩站在公寓的门外，她一下就清醒了。

阮恩恩失魂落魄地出现在她面前，头发上，衣服上，沾满了一层厚厚的雪，短靴也是湿湿的，她是一路走到这里来的？

苏熠一把将她拉进来，将她头发上和衣服上的雪拍掉，帮她把鞋脱掉，换了一双毛茸茸的拖鞋。

然后帮她脱掉外套、手套和围巾，打开空调再给她捂上一个厚厚的绒毯。

苏熠做这一切的时候，阮恩恩就像一个木偶，任由她摆弄着。

"恩恩……"苏熠呢喃着喊她的名字，这个时候她还能说什么呢？说什么也弥补不了带给阮恩恩的伤害。

阮恩恩没有说话，忽然，抱着苏熠，把头搁在她的肩膀上，"哇"的一声哭了，像个小孩子一样肆意地宣泄着自己的委屈。

苏熠的心随着阮恩恩越来越大声的哭泣疼得越来越钻心，她一边拍着阮恩恩的背一边说："恩恩，你骂我吧，打我也可以……"

阮恩恩还是没有说话，只是哭，一直哭。

苏熠哽咽着，将阮恩恩抱得紧紧的，而越是抱得紧，她就越是难过。

五分钟，十分钟，十五分钟，二十分钟过去了……阮恩恩的哭声越来越小，最后变成了抽泣。

她离开苏熠的怀抱坐直，眼睛已经肿了。

"我跟顾禹泽分手了。"阮恩恩的声音已经哭到沙哑了，但是，现在她的语气是平缓的。

"恩恩，我……"苏熠抬眼看向阮恩恩，她的心像是被针刺了一下，疼痛不已。

"熠熠，你听我说！"阮恩恩看着苏熠的眼睛，坚定地说，"是我强烈要求的，尽管顾禹泽不同意。"

"你还是在怪我……"眼泪在苏熠的眼眶里打转，为什么她总是要在阮恩恩面前显得这么无地自容？

"熠熠，你听好，我跟顾禹泽分手不只是因为他喜欢你！"阮恩恩伸手拉住苏熠的手，"是我不能一直自欺欺人，并让你牺牲自己的幸福来成全我。"

"我……"苏熠万般愧疚地看着阮恩恩，哽咽着说不出话来。

"原来顾禹洋早就知道顾禹泽喜欢你了，因为顾禹洋喜欢你，所以顾禹泽自己退出了。"

"这些我都不知道。"苏熠瞪大眼睛看着阮恩恩。

"你当然不知道，你就是那种一头扎进一个人的世界里面就再也看不到外面的变化的人。不过顾禹泽在退出的时候就已经把你在他的心里掩藏起来了，如果可以，这将会是一个永远的秘密。也许是他怜惜我吧，所以跟我在一起了。他自己也说他很想要保护我，可是没想到到头来却事与愿违。"

听着阮恩恩的话，顾禹泽之前说过的话浮现在苏熠的脑海里，她突然懂得了顾禹泽口中的陶艺。

"顾禹泽，你为什么会喜欢陶艺？"

"静默是一种生活方式，陶艺里有禅意，它可以与心灵对话。"

……

"顾禹泽，在和阮恩恩在一起前，你有喜欢的人吗？"

"有。"

"那你现在还喜欢她吗？"

"我把她锁在我心底的盒子里了，那个地方只属于回忆。"

原来静默不只是顾禹泽口中的陶艺，也是他的爱情方式——悄无声息地成全，悄无声息地退出。

苏熠伸手抚摸着阮恩恩的头发，看着她忧伤的脸。

她能体会顾禹泽此时的心情，他和她一样，都想好好地保护恩恩，可是最终，却还是伤了恩恩……

阮恩恩伸手摸着苏熠放在她脸上的手，摇头笑了笑说："能跟禹泽在一起，我已经很高兴了。这一段时光，有你，有禹泽，是我一生中最快乐的一段日子。禹泽他真的很温柔，对我也很好很好。你知道吗？禹泽是一个不忍心伤害别人的人，所以，即便他喜欢的人不是我，他还是会对我好，如果我不跟他说分手，他会一直待在我身边，做一个很好的男朋友的。"

阮恩恩说这些的时候，眼睛里闪着幸福的泪光，她继续说道："可是，就是因为他对我太好太好了，所以我一直舍不得离开他。明明知道他对我的感情不是爱情，我却一直装作不知道。那天他伸手拉住你的时候，我好怕自己会失去他，从那以后，我的心一直忐忑不安，如果今天不是安妮的一通电话敲醒我，我可能还会自私地自欺欺人下去，这样，无论是我还是禹泽，都得不到幸福。"

"恩恩……"苏熠喃喃着，早已泪如雨下。

但是阮恩恩笑了，她说："我已经知足了，我也不想再拖累他了，即使他说他已经放开你了，但他还是可以去寻找属于他的新的爱情，我已经有一段很美好很美好的回忆了不是吗？他的每一个笑容，每一次对我说话的语气，认真做陶艺的样子，还有为我包扎纱布的眼神，都是我最好的回忆……"

"恩恩……"苏熠探身过去抱住阮恩恩的腰，这次是她哭了，哭得伤心不已。

阮恩恩是这么好的一个女生，为什么偏偏这么让人心疼？为什么偏偏是她？

后来，两个女生哭累了，她们一起靠在沙发上看着窗外清冷的月光。

"熠熠……"阮恩恩轻轻地唤她。

"嗯？"

"你喜欢顾禹洋吗？"

"喜……喜欢。"

"你一定要跟顾禹洋在一起，这是你欠我的。"

"可是……"苏熠的眼眶又有些湿润。阮恩恩没有因为顾禹泽的事情怪她，可是到头来事情还是一团糟。

阮恩恩和顾禹泽分手了，而她跟顾禹洋之间也结束了，他们真的分手了……可是阮恩恩接下来的话，让她的心颤了一下——

"这样……我也会常常看到顾禹泽的。"

"恩恩……"苏熠觉得鼻子一酸。

"你不要担心，不是你想的那样。我真的已经放开了，我只是想看见他，让他总是出现在我的世界里。熠熠，你知道吗？跟顾禹泽说分手以后，我突然觉得整个人都轻松了。不过，我还是想要跑到你这里抱着你好好哭一次，失恋了不都是要这样的吗？"

阮恩恩偏头看着苏熠说："熠熠，也许真爱一个人就会这样吧？如果你的爱让他觉得负担，那么放手也是一种爱吧？"

苏熠伸手抱着她。好姑娘，你一定会得到属于你的爱，你值得被好好对待！

[04]

　　"恩恩，你慢点，你要带我去哪里？"

　　刚一下课，苏熠就被阮恩恩拉着一路狂奔。

　　"到了你就知道了！"阮恩恩拉着苏熠冲进地铁，气喘吁吁，"跑死我了，好热好热！"

　　阮恩恩一边喘气一遍将围巾帽子全都摘了下来，眼睛开始紧紧地盯着车门上的站牌。

　　阮恩恩依旧一声不吭地盯着站牌。

　　"到了，到了。"

　　二十分钟后，阮恩恩又一把拉住苏熠，将无聊在听歌的苏熠扯出了地铁。

　　游乐场。

　　远远地，她看见旋转木马的灯光在闪耀，上面好像只坐了一个人。

　　音乐声停止，旋转木马上的人走了下来。

　　那一刹那，苏熠怔住了——是顾禹洋！

　　苏熠和顾禹洋远远地四目相对。

　　就在这几秒钟的直视中，苏熠再一次看到了顾禹洋那张憔悴的脸，她的心揪得疼。

　　顾禹洋缓缓地走近她，用力一拉，将她紧紧地拥入怀里。

苏熠靠在顾禹洋的怀里，闻着熟悉的味道，眼泪再一次注满了眼眶，而她的心仿如刀割。

"顾禹洋，我们分手了，为什么你还要来找我？"

顾禹洋的嘴唇扯动了一下，"分手"两个字仿佛是一个霹雳，惊得他的身体晃了一下。他将苏熠抱得紧紧的，声音沙哑却严厉："我不准你说这两个字！"

苏熠推开他，站得远远的，委屈像决堤的洪水一样，再一次让她大哭起来。她对着顾禹洋大声地说："这明明就是你自己说的！"

顾禹洋快步抱住住苏熠，再次将她扯进怀里。

"我知道了，我都知道了。"顾禹洋喃喃地说。

是的，顾禹泽告诉了他一切。

"我跟阮恩恩分手了。苏熠知道我喜欢她的事情了，安妮找到她，以我跟阮恩恩的关系要求她离开你。"

"什么？"顾禹洋又是猛地一惊，他没想到安妮会这么做。

"你知道阮恩恩对苏熠有多重要，可能是因为这个原因，她没有站出来解释什么。去找苏熠吧！如果你不去找她，可能就真的失去她了。"

"熠熠，这些天我一直被痛苦折磨着，我们把之前的事情都忘掉，重新开始好不好？没有你，我几乎都要崩溃了！"顾禹洋看着苏熠，帅气的脸憔悴不堪，暗淡的眸子里全是伤痛。

苏熠呆住了，胸口因为刚才的激动而剧烈地起伏着。

"你不介意我去丽江的事情了吗？"苏熠的声音有些颤抖。

"我嫉妒，看见你和许弋在一起开心的样子我好嫉妒！而这些都是安妮回来后我没有办法给你的。"顾禹洋几乎是吼着，激动不已。

"那你为什么还要来跟我重新开始？"苏熠的脸上挂着泪珠，如清晨带着露水的小白花，微微颤抖着。

"是！我越是嫉妒，就越是发现我喜欢你！这几天，我已经跟生活在地狱里没有差别了，我真的不能失去你。"顾禹洋流着泪，心碎地说。

"禹洋……"苏熠再也忍不住了，扑过去抱住顾禹洋的脖子，号啕大哭。

"我去找许弋，是因为得知他出了车祸，我还给你 QQ 留言了，你看见了吗？"苏熠咬着唇，委屈地不断地捶打着顾禹洋。

"我知道，我知道了。"顾禹洋任由苏熠捶打着，"恩恩已经告诉我了，并且我和许弋也通过了电话，他告诉我他已经失去了你，让我一定要抓紧你。"

"坏人！你这个坏人！"苏熠抽泣着，"你把我的心，伤得好疼，好疼啊！"

"对不起"顾禹洋握住她不断捶打的小手，深情地说，"我的这颗心交给你，下次如果要受伤，就让它疼吧，你的心，我会好好的保护，再也不让它受伤。"

[05]

因为一直想着一个人，所以苏熠觉得整个寒假很漫长。

她跟顾禹洋几乎每天都通电话，发微信，聊 QQ。

除夕夜倒计时的时候，她跟顾禹洋一起在电话里倒数，数到零的时候，顾禹洋对她说"熠熠，新年快乐，我爱你"，她觉得幸福无比。

也许老天爷给这一个冬季储存了太多的雪花，就连往常不怎么下雪的城市都是白茫茫的一片。苏熠坐在电脑前正想着顾禹洋出神的时候，手机响了，她看着屏幕上显示的人名，笑着接通了电话。

"喂。"

"熠熠，你有没有想我？"电话那头，顾禹洋的声音轻快而飞扬，永远都是那么好听。

"没有。"苏熠偷偷地笑着。

"你竟然没有想我，看来我要立刻出现在你面前才行。"顾禹洋"伤心"地说道。

"那你来呀。"苏熠咯咯笑。

"我已经来了。"

"是吗，我怎么没有看到你？"苏熠很配合地说。

"你站到窗前来就看到我了。"

"我才不上你的当。"苏熠还是笑。

"我是说真的。"

"真的？"

苏熠拿着电话，心都快要跳了出来，当朝窗外看去的时候，她手里的手机几乎掉了下来。

在楼下的雪地里，顾禹洋穿着黑色羽绒服，正在朝她挥手，他那个宝蓝色的包包特别显眼。

"熠熠，你还不下来带我上去，我都快冻成一个雪人了。"顾禹洋在电话里对着苏熠喊道。

"啊！"苏熠兴奋地尖叫了一声，立刻飞奔了出去。

"熠熠，你去哪儿？穿上外套，外面冷！"苏妈妈在后面喊道，可是苏熠已经跑下了楼。

苏熠一口气跑下楼，气喘吁吁地跑到顾禹洋的面前，顾禹洋看着她微笑着。

苏熠正要说话，顾禹洋上前一步把她拥在了怀里。

"熠熠，我想你。"

"可是只有三天就开学了。"苏熠好气又好笑地说道。不过看到顾禹洋，她真的很高兴。

"我已经等不了三天了。"顾禹洋孩子气地说。

"熠熠……"苏妈妈推开窗户朝楼下喊道，吓得苏熠立刻挣脱了顾禹洋的怀抱。

苏妈妈顿了一会儿，热情地说："朋友来了吗？快点上来呀，外面冷。"

"走吧！"苏熠挽着顾禹洋地胳膊欢快地说，"你怎么找到我家的？"

"肖远送我过来的。"

"肖远呢？"

"我叫他回去了，他总是爱乱说话，影响我给叔叔阿姨留下好印象。"顾禹洋一脸认真的样子。

"讨厌！"苏熠娇嗔着一甩头，便往楼道里走去。

顾禹洋笑嘻嘻地跟在后面。

苏熠和顾禹洋进门的时候，苏妈妈和苏爸爸正开着门站在玄关处整齐地等着，看到顾禹洋以后，打量的眼光就再也没有从他身上挪开了，苏熠觉得窘迫不已。

"叔叔、阿姨，新年好！"顾禹洋很有礼貌地打招呼。

"哦……哦……新年好，快请进，一定冻坏了吧，里面暖和哦，快点进来！"苏妈妈热情地说。

"喝杯热茶暖一下身子。"苏妈妈将茶端到顾禹洋面前的时候，眼睛还一直盯着他看，脸上笑盈盈的。

顾禹洋毕恭毕敬地坐在沙发上，乖巧地说："谢谢阿姨。"

看着顾禹洋的样子，苏熠在心里偷笑，她从来没有看到顾禹洋的坐姿这么标准过。

"你叫……"苏爸爸看着顾禹洋问。

"顾禹洋。"顾禹洋这才记起他还没有做自我介绍，"我跟苏熠在同一个学校念书，导演系大二。"

"你跟我们家熠熠……"

"叔叔，阿姨！"顾禹洋突然腾地从沙发上站起来。

苏熠和她爸妈都仰着头，直直地看着他。

顾禹洋面对着苏熠爸妈站直了身体，一脸认真地说："请允许我跟苏熠交往，我一定会对她很好的。"

啊，他说什么？！苏熠的嘴张得大大的，顾禹洋总是让她出其不意，而且每次她的心脏都因此而受损。

苏熠爸妈的嘴也张得大大的。

良久，苏爸爸才开口说："我们也算开明，你们上大学了，生活各方面也可以自立了，我们不反对苏熠在大学里面交男朋友……"

"真的吗？谢谢叔叔！"顾禹洋一脸兴奋地说道。

苏爸爸看了他一眼，这才意识到自己的话还没有说完，脸上的表情有些尴尬。

"不过学生在学校还是要以学习为主。"苏爸爸严肃地说。

"请叔叔阿姨放心，我们一定谨遵教诲。"顾禹洋一脸认真地说。

苏熠看着他的样子忍不住又笑了。

"小伙子不错，叔叔相信你们。"苏爸爸端起茶几上的紫砂茶杯，颇为满意地喝了一口茶。

"对了，我给叔叔阿姨带了礼物。"顾禹洋像是想起什么似的，走到玄关，将一个手拖行李箱提了过来。

苏熠这才注意到他还带了一个大大的箱子，然后看着他将一个个盒子拿到茶几上。

"这是湖笔，是用山羊毛、野兔毛和黄鼠狼毛制成的，这些动物的毛质都很好，柔软而有弹性。叔叔您用它来画山水画，一定挥洒自如。这是一个小型按摩仪器，阿姨腰痛的时候拿这个按摩效果很好，酸胀感一下就消失了……"

"湖笔可是毛笔中的极品呀！"苏爸爸打开盒子，忍不住赞叹。

"这个东西这么小巧，拿在手里刚刚好，真的对腰痛有用吗？"苏妈妈端详着手中白色的按摩器说道。

"有用呢，我外婆的腰痛很厉害，痛起来就靠它了，开关在这里，电池在买的时候我要柜台的人装上去了，阿姨按下开关就可以直接用了。"顾禹洋按下按摩器的开关，按摩器就开始运转了。

苏熠傻傻地看着爸妈手上的东西，怪不得前天顾禹洋问起她爸妈有些什么爱好或者身体好不好，原来是有目的的。

她蹲在顾禹洋身边，从牙齿缝里发出声音来说："狡猾！"

"这叫乖巧。"顾禹洋学着苏熠的样子，从牙缝里发出声音。

看着爸妈笑得合不拢的嘴，苏熠败下阵来。顾禹洋讨人喜欢的功力她早就见识过了，所以一点也不觉得奇怪。

晚饭后，顾禹洋跟苏爸爸聊起了摄影。

苏熠回到家里就得知爸爸最近迷上了摄影，现在抓到一个专业人士，还不赶紧解惑答疑。

她拿着空了的水果盘来到厨房，妈妈也跟在后面进来了。

"熠熠，你真的喜欢顾禹洋吗？"苏妈妈问。

"喜欢。"苏熠有些羞涩地低下了头。

"他对你好吗？"

"很好，比我对他好多了。"

"熠熠，"苏妈妈将手放到她的肩膀上，"能有个对你好的人在身边照顾你，爸爸妈妈也就放心了，不过你要答应妈妈，一定要好好爱惜自己，珍惜自己。"

"妈……"苏熠看着妈妈湿润的眼眶，自己的眼眶也跟着湿润了。

"好了好了，这是件高兴的事情。妈妈希望你幸福，你也一定会幸福的。"苏妈妈抹了抹眼眶。

"我会的，妈妈。"苏熠抱着妈妈微笑着说。

"好了好了，你快出去吧。小顾从那么远赶过来一定累坏了。"苏妈妈催促着将苏熠赶出了厨房。

"禹洋，累不累？我带你去客房休息吧。"苏熠走出来。

"没关系，我再和叔叔聊一会儿。"看见苏爸爸兴致很高，顾禹洋不忍心放弃这个拍马屁的好机会。

"不聊了，不聊了。"苏爸爸摆摆手，"时间也不早了，小顾你早点休息吧，明天我们一起去外面练练手好吧？"

"好的，没问题。"顾禹洋立刻愉快地答应下来，然后礼貌地和苏爸爸和苏妈妈道了晚安后就和苏熠一起去了客房。

苏熠将空调打开，再将睡衣递给顾禹洋："这是我爸爸的睡衣，你冲完澡以后换上。"

说着她就要开门出去，顾禹洋却从后面抱住了她。

"熠熠，我已经见过家长了，你以后再也不能欺负我了，你再欺负我，我就打电话告诉爸妈。"

"谁是你爸妈呀？"苏熠笑着说道。

"你的爸妈当然就是我的爸妈呀。"

"那你怎么一直叫叔叔阿姨呀？"

"那我现在就出去叫爸爸妈妈。"顾禹洋说着，作势就要开门出去。

苏熠拉着他的手，慌乱地说："你还真去呀！"

"你要我去我就去，我哪次没有听过你的话！"顾禹洋笑着说道。他笑起来的时候特别好看。

"好啦，洗澡去吧。"苏熠拉开门，站在门口的时候，她转过身来对顾禹洋说，"我一直都在想你，看到你我真的很高兴。"然后关上门跑开了。

门的另一边，顾禹洋呆了一秒，然后笑了。

苏熠和顾禹洋在家里待了两天，然后就和肖远一起登上了回学校的火车。在站台上，苏熠的爸爸妈妈一直不停地嘱咐苏熠在外面一定要好好照顾自己，顾禹洋就一直说他会好好照顾苏熠的。

他们这一次回去，安妮马上就要走了，再也没有任何理分开他们了。

最甜蜜温暖的童话
也是最黑暗无奈的迷宫
· PLEASE DON'T LET GO ·
· OF MY HAND ·

最甜蜜温暖的童话
也是最黑暗无奈的迷宫
· PLEASE DON'T LET GO ·
· OF MY HAND ·

·第九章·

我爱你，再见

· PLEASE DON'T LET GO OF MY HAND ·

[01]

回到学校的第二天清晨，苏熠被一阵急促的门铃声惊醒，她睡眼蒙眬地去开门，阮恩恩正气喘吁吁地站在门口。

"恩恩，新年好……"苏熠迷糊地说。

"熠熠，安妮自杀了！"

"……"

这句话如同一个霹雳在苏熠的头顶响起，惊得她趔趄了一下，几乎跌倒。

她扶着门站稳，另一只手抓住阮恩恩的手臂，手指几乎要穿过她厚厚的羽绒服直接掐到她的肉里。

"怎么会这样？"苏熠的嘴唇不停地抖动着，张了半天也没有说出一句完整的话来。

她浑身发抖，眼里满是惊恐的神色。

"放心，现在在医院抢救！"阮恩恩用双手扶住苏熠。

苏熠跑回房间，顾不上将睡衣换掉，拿起长羽绒服套在身上就往门外跑，阮恩恩紧紧地跟在她身后。

这时天刚蒙蒙亮，周围被一片白茫茫的雾笼罩着，苏熠从车上下来以后，直奔医院大门，阮恩恩付了钱也跟着跑了进去。

空荡荡的走廊里回荡着一阵急促的脚步声，苏熠的心跳得激烈不已。

安妮自杀了，她竟然自杀了！为什么？为什么她要这么惩罚他们？为什么？

在走廊的尽头，急救室的外面出现了几个身影。

苏熠在人群前面停下，所有人的眼睛都齐刷刷地看向她，除了埋着头坐在椅子上的顾禹洋。

一个女人走到苏熠面前，"啪"的一掌打在她的脸上，清脆的声音久久地回荡在清晨寂静的走廊里。

苏熠只感到脑袋狠狠地震动了一下，耳鸣声不绝于耳，多么熟悉的感觉！

顾禹洋抬起头，苏熠看到一张憔悴不已的脸，那对原本黑亮的眸子里什么也没有，空洞洞的。

"你干什么！"阮恩恩跑到苏熠前面，拉住那个女人的手吼道。

"阿姨……"顾禹泽快速地上前一步，拉住了那个女人。

顾禹洋站起身来，走到苏熠身边。

看着顾禹洋的样子，苏熠的心如刀割一样疼，她想伸手去抚平那紧蹙的眉头，却发现自己动不了。

那个女人没有再说任何话，打完苏熠一巴掌以后，就已经泣不成声了。

顾禹泽扶着她在椅子上坐下。

"对不起。"走过来道歉的是一个中年男人，是安妮的爸爸。他头发乌黑，脸看上去却苍老不已。这样的人，一般都是因为焦虑和痛心一夜变老的。

"我们知道这件事情不能怪你，禹洋和禹泽因为安妮已经承受了太多，但是我的女儿现在……"安妮爸爸哽咽着，眼泪在眼眶里打转，极大的悲伤让他无法将话继续下去。

"叔叔……"苏熠的眼泪大颗大颗地往下落，她也完全说不出话来。

顾禹洋一只手扶住苏熠的肩膀，一只放在安妮爸爸的肩膀上。

安妮爸爸拍了拍顾禹洋放在他肩上的手，走回到那女人身边。这时，急救室的门开了。

安妮的爸爸妈妈，还有顾禹洋和顾禹泽都一起围到医生身边，苏熠站在他们后面，将手放在胸口上，心几乎要跳出来了，阮恩恩一直扶着她。

所有人都屏住呼吸注视着医生，整个走廊安静得几乎让人窒息。

"病人已经抢救过来了。"医生摘下口罩说道。

"谢谢医生。"安妮爸爸对医生说道，疲惫的声音里有稍许轻松。而刚才一直像紧绷得随时都要断开的弦一样的空气，这时也终于稍稍缓和下来。

"阿姨！"就在大家刚刚松了一口气的时候，顾禹泽突然喊道，安妮妈妈突然昏倒在他的怀里，"医生！"

"不要紧张，她是紧张和伤心过度，把她扶到病房，马上通知护士给她输液。"医生对安妮妈妈进行了简单的紧急检查。

"叔叔，你在这里等安妮出来，我扶阿姨去病房休息。"顾禹泽背着安妮妈妈朝病房跑去。

"医生，那安妮她……"顾禹洋走到医生面前，声音沙哑。

"病人很快就会被送到加护病房。"

"加护病房？"顾禹洋看着医生。

"安妮还有生命危险吗？"安妮爸爸急切地问。

"病人因为服食的安眠药过多，被送来的时候已经休克了，大脑缺氧，我们清洗了她的肠胃，虽然暂时没有生命危险，但还是需要送到加护病房观察，不排除……"

"医生，你一定要救救我的女儿！"安妮爸爸抓住医生的手臂乞求。

“我们会尽力的。”

这时，护士推着安妮出来了，顾禹洋把安妮爸爸扶到车子前。

“安妮……是爸爸，你睁开眼睛看看爸爸。”安妮爸爸流着眼泪喊道。

顾禹洋也焦急地看着安妮。

车子经过苏熠面前的时候，她看到了安妮的脸，那是一张几乎跟白色的床单区分不开的脸，她紧紧地攥住阮恩恩的手，指甲掐进了她的肉里。

“熠熠……”阮恩恩使出全身的力气扶住苏熠。

他们站在加护病房的外面，看着里面戴着氧气罩的安妮，她一动不动地躺着，如果不是旁边的仪器显示着她虚弱的心跳，他们几乎感觉不到在她身上还有生命的迹象。

“我去看看你阿姨。”安妮爸爸看了安妮一眼，转身对顾禹洋说道。

“嗯。”顾禹洋点头。

安妮爸爸走了以后，这里就只剩下苏熠、顾禹洋，还有阮恩恩了。

他们呆呆地看着躺在里面的安妮，谁都没有说话，苏熠已经感觉不到这里还有空气流动了。

良久，顾禹洋转身对她说：“熠熠，你今天不是要去芭蕾舞剧团报到吗？"

苏熠看着他那张憔悴不堪的脸和无限疲惫的眼睛，心一阵接一阵地疼，她伸手抚上顾禹洋的脸说："现在……你不要管我的事情了，先照顾安妮吧。"

阮恩恩看着他们两个，突然抽噎着哭了："你们两个为什么会这么可怜，要在一起真的那么困难吗……呜呜呜……"

"恩恩……"苏熠转过身，将阮恩恩拥进怀里，轻轻地拍打着她的背，抬起头的时候，看见顾禹泽跑了过来。

"安妮怎么样？"他走到大玻璃窗前面，看着安妮问。

"还需要观察。"顾禹洋的声音沉沉的。

苏熠看着只穿了一件衬衫的顾禹洋，抚上他的手臂问道："冷不冷？"

顾禹洋摇了摇头说："事情发生得太突然，还没有感觉到冷。"

听着顾禹洋的话，眼泪在苏熠的眼眶里打转。

"你在这里看着安妮，我去给你拿衣服。"

"我陪你去吧，禹洋的东西都还在家里。"顾禹泽对苏熠说道。

[02]

"安妮为什么要自杀？"路上，阮恩恩问顾禹泽，苏熠也抬头看着他。

"顾禹洋去苏熠家里了，安妮找不到他，就疯狂地跑来质问我，我不知道该怎么说，所以只好说不知道。但是禹洋提着行李箱从外面回来，正好被安妮看到了。禹洋跟她说了实话，她一直都不知道禹洋跟苏熠又和好的事。禹洋对她说他不会放弃苏熠，安妮就跑回了家，谁知道……"

顾禹泽停顿了一下，看着苏熠说："谁知道清晨的时候我们接到安妮妈妈的电话，说安妮吞服了大量的安眠药自杀了……还写了遗书给禹洋……"

"写了什么？"阮恩恩问。

"我要你一辈子记得我，你这一生都将背负我的死亡。"说着，顾禹泽低下了头。

苏熠感觉脑袋被什么狠狠地敲击了一下，要顾禹洋一生背负她的死亡，多么可怕！她居然用死来和她竞争！

到了顾家以后，顾禹泽和阮恩恩坐在楼下的客厅里，苏熠到楼上顾禹洋的房间里拿衣服。

苏熠推开门，房间的纱帘拉着，里面的光线有点暗。当看到她面前那一面墙的时候，她呆住了。借着从纱帘透进来的阳光，一整面墙在光和影的配合下，如同经过精心设计的照片展一样呈现在她的眼前。

苏熠的手从门把上落下来，她慢慢地朝那面墙挪动，眼睛一眨不眨地看着上面的照片。

是什么打湿了她的眼眶？是泪水？是幸福？还是酸楚？墙上的一张张照片，全是她——他们第一次见面时，她转过头看向镜头的样子，第二次见面时她脸上的吃惊，还有她在睡觉，她在跳芭蕾，她在吃东西，她在发呆，她在走路，她在笑……

苏熠伸手触摸着照片上的自己的脸，每一张脸都是那么纯净美好。顾禹洋说，恋人的镜头里，照出来的照片都会令人怦然心动。她在心里问自己：苏熠，你心动了吗？

她摸着照片含着笑点头，无声的泪水泛滥成灾。

苏熠最后要顾禹泽将外套送给顾禹洋，她说她要去学校了。其实她是害怕，害怕自己会在安妮的病床前抱住顾禹洋，拉着他离开，她怕她会控制不了自己。

"恩恩，你在这里等我，我去找一下卡捷琳娜，马上就回来。"站在艺术楼下，苏熠对阮恩恩说道。

"嗯。"阮恩恩朝苏熠微笑着点头，现在，就连她的笑容也变得有些苦涩了。

苏熠走到芭蕾舞剧团的办公室，伸手敲门。

"苏熠！你终于来了！请坐！"坐在办公桌前的一个金发俄罗斯女老师看着苏熠走进来以后，站起身来惊喜地对她说道。

"卡捷琳娜，新年好！"苏熠忧伤的脸上泛起一丝微笑。

"宝贝，你看起来不太好。"卡捷琳娜看着苏熠没有什么血色的脸，关心地说。

"发生了一点事情，所以……"苏熠没有说完，低下了头。

"真是很抱歉，不过，我有一个消息会让你马上打起精神来的。"卡捷琳娜坐在椅子上，示意苏熠也坐下。

"什么？"苏熠一边坐下，一边惊讶地看着卡捷琳娜。

"莫斯科大学发来邀请函了，你上次的表演太完美了，他们希望你能加入他们，去那里学习芭蕾。宝贝，我们都舍不得你，但是，这对你来说是一个很好的机会。"卡捷琳娜高兴地说道。

去莫斯科大学学习芭蕾？这是一个多么令人振奋的消息呀，她也为它心动！

可是苏熠看着卡捷琳娜，用肯定的语气说："我不会去的，我要留在这里。"

"为什么？"卡捷琳娜惊讶地大声说，"这对你是一个多么好的机会，你有很好的艺术前途！去吧，世界舞台在向你招手呢！"

"不，不用了，我已经决定了。"苏熠抱歉地对卡捷琳娜笑了笑。

卡捷琳娜劝说苏熠无果以后，只好对她说："你不要急着给我答复，你应该属于世界舞台，这是上帝给你的礼物。"苏熠站在门口对卡捷琳娜笑了笑，然后关上门出去了。

她已经有更好的礼物了，她深爱着的顾禹洋。

"怎么去了这么久？卡捷琳娜对你说了什么吗？"阮恩恩拉住苏熠问。

"莫斯科大学邀请我去那边学习芭蕾。"苏熠平静地说。

"莫斯科大学！芭蕾！熠熠，恭喜你！"阮恩恩高兴得抱住苏熠又蹦又跳。

"我已经回绝了。"

"为什么？"阮恩恩的表情和刚才卡捷琳娜的一样惊奇，"熠熠，芭蕾是你的梦想啊！"

"我会留在顾禹洋身边的，这个时候他需要我。"苏熠眼里含笑，看着远方。

"可是还有安妮呢……"阮恩恩轻声说道。

是啊，还有安妮，她死死地控制着顾禹洋……

"恩恩，如果安妮紧紧抓住的是禹泽学长呢？你还会跟坚持和他在一起吗？"苏熠踩着厚厚的积雪。

"如果禹泽也像顾禹洋喜欢着你那样坚持不放弃我的话，我也不会放弃的。"阮恩恩一直往前走着。

"那如果顾禹洋动摇了呢……"苏熠跟在后面，轻轻地说道。

阮恩恩停住了，回过头来看着她："熠熠，当你刚才说你不去莫斯科，而要陪在顾禹洋身边的时候，我真的为你感到骄傲。顾禹洋现在正被我们想象不到的痛苦折磨着，即使他动摇了，你也要让他坚强，知道吗？"

苏熠看着阮恩恩，良久以后，点头说："我会的。"

[03]

苏熠和阮恩恩吃过晚饭以后就各自回家了，这时候夜幕已经完全落下了。

她走到公寓楼下的时候，抬头遇见了一个人，在医院打了她一巴掌的安妮妈妈。

"苏熠……"看到苏熠，安妮妈妈开口喊道，可能是在雪地里站了太久，她的脸被冻得红红的。

看着她，苏熠突然觉得鼻子一酸，对她说："阿姨，快点进去吧。"

安妮妈妈跟着苏熠上了电梯到了苏熠的公寓。

"阿姨，喝杯热茶暖一暖。"苏熠将茶递到安妮妈妈的手里。

可是她没有伸手接过苏熠手里的杯子，而是抓住苏熠的手臂，直直地看着她说："今天在医院打了你，我感到很抱歉，当时我是急疯了……"

"阿姨，我知道，你不用感到内疚。"苏熠拉着她的手握住茶杯，然后拉着她坐在沙发上，"安妮的事情我感到很

顾禹洋，请别再放开我的手

/
255
/

难过……"

"我就是来找你说安妮的事情的。"安妮妈妈看着苏熠，"安妮小的时候，我没有好好地照顾她，导致她患上了抑郁症，即使知道她有这个病以后，我们也一直以为她只是不爱社交而已，还是疏于照顾她。直到她的病情越来越严重，我们想要做什么的时候，她最需要的人，已经不再是我这个妈妈了……"

说到这里，她原本哭得红肿的眼睛又流下了眼泪。

"禹洋和禹泽一直在她身边照顾她，所以她就把他们当成了生活的全部，以至于他们两个一直都没有交女朋友。尤其是对禹洋，因为他们的年纪相仿，所以她会更加依赖禹洋。在治病期间，我一直陪在她的身边，她的病情也有了很大的好转，直到圣诞节她跑回来，知道了你和顾禹洋的关系，她的状态又回到以前。我们都没有想到她会自杀，真的……"

此时，她已经泣不成声了，紧紧地捧着茶杯的手不断地颤抖着，滚烫的茶水都洒了出来。

苏熠见状，接过茶杯放到茶几上。

安妮妈妈却突然激动地抓住她的手，力气很大，苏熠觉得很疼很疼。

"苏熠，你是个好女生，我知道你跟禹洋的感情很好，拆散你们是件很残忍的事情，可是……为了安妮，我不得不厚着脸皮过来求你，你离开禹洋好吗？"

"阿姨，我不能……"安妮妈妈的手像两只钳子一样抓着苏熠的手臂，苏熠想要抽出来，但她根本就不想要放开她。

"安妮已经自杀过一次了，还会有第二次、第三次……我们承受不了某一天她突然就真的离开我们，这样我们会内疚一辈子的……"安妮妈妈看着苏熠坚定的脸，呢喃着。

突然，她松开苏熠，将头埋进手掌里，因为哭泣，身体不停地颤抖着。

"还会有第二次、第三次……那样顾禹洋不是太可怜了吗？他永远也无法拥有自己的生活。"苏熠喃喃着，"阿姨，就算我离开顾禹洋，他还是需要恋爱的呀，你要他永远守着安妮吗？"

苏熠的心里装着痛，是对顾禹洋的。

"我知道，我都知道，可是我没有办法，安妮变成这样，都是我的错。"安妮妈妈摇着头，当她抬起头看向苏熠的时候，苏熠将她的脸和自己妈妈的脸重合了。

她拿纸巾擦去她脸上的泪水，如果可以，她会把她拥入怀里的。

但是，她怎么忍心丢下顾禹洋，看着他屈服于这无奈的命运……

安妮妈妈坐在沙发上哭了很久，苏熠握着她的手说："我们会好好帮助安妮的，一定把她的病治好。"

安妮妈妈看着苏熠，无力地说："如果她醒来后发现你跟禹洋依旧在一起，我真怕她会趁非探视时间拿掉氧气罩……"

说完，她摇摇晃晃地站起来，幽幽地走到门口"啪"的一声将门关上离开。

安妮妈妈走后，苏熠躺在床上，一直都没有睡着。

半夜的时候，她听到门开了，随后一个冰凉的身体和衣在她的身边躺下，她闭着眼睛没有睁开。

"熠熠……"顾禹洋的手指触摸到苏熠的脸。

苏熠的眼睑动了一下，他的手指好冰好冰。

顾禹洋呢喃的声音在她的耳边响起："熠熠，我们要怎么办……"

苏熠伸手想要去摸顾禹洋的脸，可是手刚触上去的时候，马上就像触电一样缩了回来。

像是有一根针突然扎在苏熠的心上，她疼得弓起了身体，顾禹洋在哭！他同时承载着一个人的生命和另一个人的爱情，而这两股力量却又是这般交战不息，他还能支撑多久？

"熠熠，你醒了吗？"

苏熠伸手抱住顾禹洋的头，隔着睡衣，顾禹洋冰凉的脸让她不禁打了一个寒战，她更紧地抱住了他，想把温暖传递到他的身体里面去。

她喃喃地在顾禹洋的耳边说："我不会让安妮有事，也不会让你失去我的。"

"真的吗？"顾禹洋将头埋在苏熠的怀里，呢喃着。

"我保证。"苏熠吻上了顾禹洋的头发，在心里重复着说，我保证……

[04]

置身于一片冰天雪地中，苏熠脖子上的红色围巾总是特别显眼。

她站在小树林中间的雪地上，脸上带着恬静而美好的笑容，看着顾禹洋的身影在飞扬的雪花中越来越清晰地从远处跑过来。

顾禹洋气喘吁吁地在她面前停下，呼吸出来的气体立刻就变成了一团团白雾。

"熠熠，我们今天来这里干什么？"

"今天是情人节。"

"对不起，熠熠，我是真的忘了。"顾禹洋一脸歉意。

顾禹洋说他是真的忘了的时候，苏熠的心又狠狠地疼了一下。

她不是因为顾禹洋忘了情人节而失落，而是因为安妮的事情让他们的生活变得混乱不堪。

"熠熠，你不高兴了？"顾禹洋扶住苏熠的肩膀。

"没有，没有。"苏熠笑着摇头，"不管你忘了什么，都会有我替你记得。"

"熠熠……"顾禹洋直直地看着苏熠。

"好啦，我猜你也没有给我准备礼物……"说到这里，顾禹洋的头低了下去，可是苏熠却用双手将他的脸又捧了起来，"但是我们可以给对方送一份共同的礼物。"

"是什么？"顾禹洋看着苏熠的眼睛，无论什么时候，他看苏熠的眼神里都有深深的爱意，尽管现在夹杂着疲惫和伤痛。

"一张照片！"苏熠的手从顾禹洋的脸上放下来，扬了扬胸前挂的相机，顺便指了指身边的三脚架。

"是什么样的照片呢？"顾禹洋疑惑地问。

"你按照我说的做就可以了。"苏熠微笑着。

她打开相机，选取了一个视角，然后将三脚架在适当的位置摆好，将相机固定上去，而顾禹洋则在一旁看着她。

"你站到那边去。"苏熠一边看向相机，一边对顾禹洋说。

顾禹洋按照她说的，站到了湖边。

"再往左边移一点点。"

于是顾禹洋往左边挪动了一点点。

"好啦！"苏熠将相机设置为自动照相功能，设置好时间以后，她跑到了顾禹洋的前面。平息好自己的呼吸以后，她看着顾禹洋的眼睛，不知道是有些羞涩还是在雪地里冻的，她洁白的脸颊上泛着红晕。

"熠熠……"顾禹洋不知道苏熠要做什么，看着她纯净的眸子，不禁喃喃地喊着她的名字。

苏熠拉住顾禹洋的手，踮起脚，将头仰起，闭上眼睛吻上了他的唇，顾禹洋也下意识地闭上了有些惊愕的眼睛。

在漫天飞舞的雪花中，苏熠和顾禹洋深情地吻着，他们身后是不断向远处延伸的湖泊和高耸的覆盖着雪的树林。

"咔嚓"一声，相机将这无限美好的一幕拍了下来。

这是一个长长的吻，良久，他们才分开。

苏熠的脸红扑扑的，顾禹洋的脸也显得有些羞涩。

"这就是我们共同的礼物吗？"顾禹洋的脸上露出了久违的微笑，他伸出手指宠溺地在苏熠的鼻子上刮了一下。

"我有附加的。"苏熠羞涩地说。

"是什么？"顾禹洋的声音极其轻柔。

苏熠定定地看着顾禹洋的眼睛，深情地说："顾禹洋，我爱你。"说着，她的眼眶就湿润了。

"熠熠……"顾禹洋抚摸着苏熠的头发，他的声音竟有些哽咽。

他把苏熠揽进怀里，紧紧地抱着她说："我也爱你。"

他们就这样拥抱在一起，雪花在相机上落了厚厚的一层，镜头里倒映着他们的身影。

"顾禹洋……"苏熠将头靠在顾禹洋的肩膀上，眼眶里积满了泪水，哽咽着说，"无论发生了什么，你都要记得我爱你。"

"我会记得的。"顾禹洋在她的耳边说道。

苏熠的眼泪越积越多，眼看就要溢出来了。

"你得走了，安妮要是醒来见不到你会着急的……"

"让我再抱你一会儿吧。"顾禹洋紧紧地抱着苏熠。

眼泪从苏熠的眼眶里滑落下来，她怎么忍心推开这个怀抱呢……

苏熠放开那个怀抱，含泪笑着说："走吧。"

他们并肩往回走着，在身后留下了两排深深浅浅的脚印。

马路边上，一辆的士等候在那里。

顾禹洋拉着苏熠的手说："熠熠，等着我。"

"嗯。"苏熠使劲地点头。

顾禹洋在苏熠的额头上深深地、深深地吻了一下，然后钻进了车里。

苏熠泪眼模糊地看看载着顾禹洋渐渐远去的车，喃喃地说："顾禹洋，再见……"

苏熠拿出手机，拨通了阮恩恩的电话。

"恩恩，我有事情需要你帮忙……"

凌晨，顾禹洋回到家里。

他低下头，只见桌子上静静地躺着一枝百合花，刚直挺秀的花茎上长着两片长尖的盈盈绿叶，顺着叶子舒展的方向，花茎顶端纯白的花朵娇羞地舒展着饱满的花瓣。

在花的下面，压着一个白色的信封，上面隐隐地现出娟秀的字迹：致我爱的人。

顾禹洋将花拿开，颤抖着地拿起白色的信封，看着上面的字，喃喃着："熠熠……"

他打开信封，里面是一张照片和一封信。

是他们那天在小树林拍下的合照，漫天飞舞的雪花中，两张紧紧贴在一起的侧脸。

打开粉红是信笺，娟秀的字体呈现在眼前：

亲爱的禹洋，不要觉得难过，因为我不是要离开你。

谢谢你允许我慢一拍爱上你，谢谢你给了我最甜蜜的爱情和最浪漫的宠爱。

现在，我想把时间还给你。

三年的时间我要你好好爱自己，我也相信你一定会陪安妮走出内心的迷宫。

如果无论怎样选择都会受伤的话，那就让我来选择吧！

三年时间，我会在莫斯科守住我们的爱，如果那时你和安妮都走出了迷宫，三年后的今天我会在圣瓦西大教堂的广场等你，等你牵着我的手一起走下去。

我爱你。

再见。

三年后。

圣瓦西大教堂的前坪广场。

今天，是他们约定的日子。

苏熠穿着火红的羊毛斗篷，戴着火红的贝雷帽，在白雪皑皑的广场上格外醒目。

这样，顾禹洋就会在人群中第一时间发现她了吧。

三年时间，他们都恪守承诺没有打扰对方的生活，她也只是会从阮恩恩那里得知关于他的讯息。他休学半年陪安妮一起去挪威治病，半年后他因为摄影得了国内的大奖而去北京进修。

阮恩恩说，顾禹洋去北京后她就很少能知道他的消息了，而顾禹泽毕业后去了香港，继承了他父母的公司，肖远和米娜正在旅行结婚。

"熠熠，禹泽说让我毕业后也去香港。"阮恩恩说这话的时候，苏熠可以感受她兴奋的心情，"他说希望我再给他一次机会。"

想到这里，苏熠忍不住微笑，似乎所有人都有了最好的归宿，那么他们呢？是否能找到属于他们的完美归宿？

雪地上出现了一双棕色的皮靴，它停留在她面前，久久没有离开。

苏熠抬起头，一瞬间泪水已决堤。

"嗨！"顾禹洋走过去抱住她，轻轻地说，"我来了，谢谢你还在。"

苏熠紧紧地抱着他的腰，三年了，她好想念这个怀抱。

顾禹洋轻吻了一下苏熠额头，松开她，然后单膝跪着地上，从口袋里拿出一枚闪闪发亮的戒指。

"嫁给我，熠熠。"顾禹洋的眼睛也溢满了泪水，"我再也不允许你从我身边走掉。"

苏熠用双手捂着嘴巴，流着泪的眼睛一直在幸福地微笑。

她使劲地点点头，顾禹洋便把她紧紧地拥在怀里。

"安妮呢？她怎么样了？"苏熠抬起头问他。

顾禹洋微笑着拿出手机，翻出一张照片——照片上安妮和一个金发碧眼的男士依偎在一起，她显得那么美好而幸福。

"这是安妮在挪威主治医师，安妮和他在一起重新找回了阳光和幸福。"顾禹洋微笑着看着照片，"我们都替她感到高兴。"

"真好！"苏熠开心地靠在顾禹洋的怀里，"我们都走出了迷宫，找到了属于自己的幸福。"

"我们拍张照片吧。"顾禹洋从背包里拿出相机和脚架，调试好角度和自动拍摄时间。

接着，他突然一把抱起苏熠，随着苏熠"啊"的一声惊叫，一张照片定格在圣瓦西大教堂的广场。

照片上他们笑得那样甜蜜，仿佛时间静止，他们从未分开。

完